Markus Pfeiler

Der Prüfer Ihrer Majestät

Ein Abenteuerroman mit Steampunk Elementen

AF185463

Der Prüfer
Ihrer Majestät

Ein Abenteuerroman

mit

Steampunk Elementen

Markus Pfeiler

markuspfeiler.com

© 2021 Markus Pfeiler

 tredition®

Verlag & Druck: tredition GmbH, Halenreie 40-44, 22359 Hamburg

ISBN
978-3-347-27420-4 (Paperback)
978-3-347-27421-1 (Hardcover)
978-3-347-27422-8 (e-book)

INHALTSVERZEICHNIS

*Weil jede Prüfung
ein Abenteuer ist.*

KAPITEL 1: DIE RÜCKKEHR

Der Zug kam just in dem Moment in Victoria, Green County, an, als der Donnersturm losbrach. Die großen Maschinen der Lokomotive tuckerten weiter, als die Bremsen laut quietschten, um das riesige Gefährt zu einem langsamen Halt zu bringen. Die dunklen Wolken warfen einen düsteren Schatten auf den Bahnhof und auf jene, die dort warteten, um die Passagiere im Zug in Empfang zu nehmen. Der dampfgetriebene Moloch kam auf den Schienen zum Halt, heißes Wasser in die Luft spukend und ein lautes Zischen ausstoßend.

Die von der Lokomotive am weitesten entfernten Wagen gingen zuerst auf. In ihnen waren am wenigsten Passagieren. Die Männer gingen – jeweils begleitet von einer oder zwei Frauen – weg vom Zug und hin zu den Pferdekutschen, die sie erwarteten. Die Frauen waren in glockenförmige, elegante Röcke aus teuerster Seide mit unzähligen eingenähten Falten gekleidet. Die Röcke waren so lange, dass ihre Beine fast unsichtbar und winzig unter ihnen schienen. Sie hielten ihre Taschen unter einen Arm geklemmt, den anderen Arm hatten sie bei den Männern untergehakt, die sie begleiteten.

Die Männer ihrerseits waren ebenso extravagant gekleidet. Die meisten trugen golden verzierte Spazierstöcke und Lederhüte. Ihre Mäntel waren aus edelsten Stoffen, wie auch ihre Gilets und Hemden, die sie darunter trugen. Sie plauderten, ohne Gedanken an die Welt und mit einer Eleganz, die als Stolz hätte missverstanden werden können. Langsam und wie mühevoll leerten sich die Wagen, welche am weitesten von der Lokomotive entfernt waren und ihre Passagiere waren nun sicher in Ihren Kutschen und fuhren los.

Die mittleren Wagen des Zugs öffneten sich anschließend, gerade als das Gewitter losbrach. Howard Forsyth sprang mit den anderen Männern aus dem Wagen. Er rief nach einer Kutsche, die Passagiere gegen ein Entgelt beförderte. Er sprach schnell und gab dem Kutscher seine Adresse an. Es waren nur eine Handvoll Frauen in seinem Bereich des Zuges; Ehefrauen, die mit ihren Männern zusammen von einer Reise zurückkehrten.

Die von Tieren gezogenen Vehikel fuhren langsam los. Sie mussten dabei den Leuten zu Fuß ausweichen, die versuchten Schutz vor dem Regen zu finden. Als Howards Kutsche am Zug vorbeifuhr, öffnete sich auch noch der letzte Wagen. Die Passagiere fielen beinahe übereinander während sie versuchten so schnell wie möglich auszusteigen. Der

Wagen war gerammelt voll mit Männern, welche so gekleidet waren, dass viele im Greene County dies als Lappen bezeichnen würden. Sie schleppten schmutzige Säcke, die unterschiedliche Nahrung beinhalteten, die sie während ihrer Arbeit außerhalb der Stadt hatten erwerben können. Einige dieser Säcke würden als Unterhalt für Familien mit vier oder fünf Kindern dienen. Mäuler, die sie als erste grüßen würden, sobald sie sie aus der Distanz würden ausmachen können. Grüße, die gefolgt sein würden von Erwartungen auf etwas, auf das es sich während der langen Abwesenheit zu Warten gelohnt haben würde.

Howard betrachtete die Köpfe der Männer durch das verschmierte Glas der Kutsche. Ihre Gesichter waren wettergegerbt und hart. Es waren Männer, die seit ihrer Geburt für jeden einzelnen Bissen gearbeitet hatten, den sie je bekommen hatten. Einige von ihnen waren in ihren frühen Zwanzigern, ein Alter, in dem Howard sich erinnerte, er seinen ersten Vertrag für eine Arbeit als Buchhalter, gerade nach Abschluss seiner Collegezeit, erhalten hatte. Die jungen Männer vor ihm jedoch waren unfähig zu irgendwelchen schreibenden oder lesenden Tätigkeiten und einzig von ihrer Kraft abhängig um von einem Tag zum nächsten zu kommen.

Die Fahrt vom Bahnhof brachte ihn durch die Unterstadt, wo die Männer aus dem letzten Zugswaggon mit ihren Familien lebten. Schmutzige Straßen mit einfachen Holzbuden an den Seiten zogen sich überall zu dem hin, was viele als Schattenseite der Gesellschaft betrachteten. Viele verkauften Waren direkt aus ihren Häusern und einige rannten mit ihren Waren und ihren Kindern die Straße entlang. Schlammlöcher schüttelten seine Kutsche als sie sich den Weg durch die nun ruhigen Straßen pflügte. Der Regen hatte alle Aktivitäten zum Erliegen gebracht. Aber als Howard durch das trübe Glas schaute und zuerst den kleinen Nebel wegwischte, den sein Atem verursachte, konnte er sehen, wie einige Kinder unter einer Plane zusammengepfercht warteten, bis der Regen aufhörte, so dass sie ihre Geschäfte wiederaufnehmen konnten.

Die schmutzigen Wege wichen nun den gepflasterten Straßen von Howards Nachbarschaft. Er fühlte sich nie wirklich wohl, wenn er sein Zuhause verlassen musste. Das Unbehagen, das er fühlte, wenn er die sich ändernde Szenerie sah, sobald er sein Zuhause verließ, ließ ihn sich selbst Fragen stellen, die andere seiner Gesellschaftsschicht als Frevel betrachteten. Die Häuser am weitesten entfernt von seiner Nachbarschaft schauten aus, als ob sie jeden Moment in sich zusammenfallen würden. Je näher er jedoch zu seinem Zuhause kam, umso mehr sahen die Häuser sich immer ähnlicher und ließen den Übergang von den Slums fast unsichtbar erscheinen. Die Häuser in seiner Nachbarschaft waren schön bemalt und dekoriert. Sie erstrahlten in einem einfachen aber doch geschmackvollen Design. Kamine ragten hier und dort in den Himmel und erwärmten die Wohnungen der dort lebenden Familien.

Howard bezahlte den Kutscher und gab ihm ein großzügiges Trinkgeld in Gedanken daran und dankbar, dass er ihn ohne Probleme nachhause gebracht hatte. Der Kutscher geleitete ihn mit einem Schirm zur Haustüre, bevor er zur Kutsche zurückkehrte, um ihm anschließend die Aktenmappe und die weiteren Taschen zu bringen. Howard dankte ihm und schleppte seine Habseligkeiten durch die Eingangstüre seines Zuhauses.

Howard Forsyth hatte nach dem College in einem kleineren Haus in einem abgelegeneren Teil der Stadt gelebt. Sein Vater hatte bis zu seinem Tod als Arzt gearbeitet und dabei meist die höhere Elite der Gesellschaft gepflegt. Die Forsyths hatten damit einen gesellschaftlichen Aufstieg erlangt. Die Upper Class verlangte nach einer schnellen und diskreten medizinischen Versorgung, die ihnen Howards Vater hatte geben können und die jeweils auch in einer guten Bezahlung resultierte. Dies wiederum erlaubte Howard und seinem Vater näher zu seinen Kunden zu ziehen – nicht in Frage gestellt und nicht belästigt, da jeder wusste, wer sein Vater war. So lebten sie in einem besseren Teil der Stadt und die Vorteile ihrer Beziehungen mit den Leuten, die ihr Vater behandelte, waren es mehr denn wert. Unmittelbar nach dem Antreten seiner ersten Arbeitsstelle nach dem College, starb Howards Vater und hinterließ ihm das Familienhaus.

Der Haushalt der Forsyths hatte fünf Schlafzimmer, eine große Eingangshalle, ein Studierzimmer und vier Bäder. In jedem Schlafzimmer befand sich ein kleiner Kerzenleuchter, der einige Kerzen trug, welche nach dem Tageslicht oftmals die einzige Lichtquelle im Zimmer waren. Daneben verfügten die Zimmer über eine Anzahl an Mahagoni-Möbeln, die ordentlich arrangiert und angemessen waren, für die Gäste, die sie oft empfingen. Die Wände waren drapiert mit Tüchern, welche die Unangemessenheit des Holzes verbargen. Daneben hingen Bilder vieler Maler in verschiedener Größen an den Wänden, die Howard und sein Vater über die Zeit gesammelt hatten. Die Böden waren aus einigen der besten polierten Eichenhölzern hergestellt. Teppiche, importiert aus aller Herren Ländern, lagen überall im Haus und sorgten für ein wohliges, gemütliches Gefühl.

Das ganze Haus wurde durch einen Ofen am Ende der großen Halle warmgehalten. Langsam brennendes Holz wurde dabei zu Holzkohle in der Ecke. Links von der Heizung stand ein großes Regal, auf welchem verschiedene Gegenstände platziert waren, welche die Forsyths über die Jahre erworben hatten. Kupferskulpturen und Figürchen, geschnitzt aus Granit säumten die Regaltablare. Ein perfekt erhaltener Schädel eines Elefantenbabys hing an der Seite, die Stoßzähne noch völlig intakt. Viele Artefakte waren aus Afrika, aus Westafrika insbesondere. Es waren dies Relikte, deren Geschichten Howard kennengelernt hatte und von denen er einige besser kannte, als seine eigene Geschichte. Dies, weil er den Geschichten nicht nur aus Neugier und Interesse für diese einzigartigen, handgemachten Objekte zugehört hatte, sondern, damit er selbst Geschichten hatte, mit denen er seine vielen Gäste unterhalten konnte. Es war dies eine Kultur, die sie erlernt hatten, als sie näher an die Upper Class heranwuchsen.

"Howard! Sie sind zurück!"

"Ja, bin ich, Edmund. Wie ist es dir ergangen?"

Edmund Hall saß am Feuer, ein Glas mit etwas Scotch in der einen und eine Zigarre in der anderen Hand. Er war ein kleiner Mann, etwa 30 cm kleiner als Howard. Edmund sprang auf und kam schnell zu Howard hinüber, eine Bewegung, die für jemanden seiner Größe komisch erschien. Howard war davon etwas überrascht, enthielt sich jedoch eines Kommentars. Die zwei Gentlemen tauschten einen kräftigen Händedruck aus.

„Wie war Ihr Meeting mit Lord Palmerston?"

„Sehr ereignisreich, wie man erwarten würde. Er ist ein ziemlich respektabler Zeitgenosse."

„Oh, dessen bin ich mir sicher. Aber wo bleiben meine Manieren? Sie sind zurück von Ihrer Reise und ich halte Sie auf und auf den Füssen. Bitte ziehen Sie sich zurück, wenn Sie möchten." Edmund klopfte mit seinem Stock zweimal auf den harten Boden und rief so die Hausangestellten herbei. Mit einem kurzen Nicken wurden Howards Taschen weggetragen. „Ich lasse jemanden für Sie ein Bad einlaufen. Sie müssen erschöpft sein von Ihren Reisen. Gönnen Sie sich jetzt etwas Ruhe. Ich sehe Sie wieder fürs Abendessen, ist das in Ordnung?"

„Ganz sicher. Oh, und Edmund?"

„Ja, Howard?"

„Danke!"

Der Tod von Howards Mutter hatte den Haushalt der Forsyths in eine dunkle Periode geworfen. Howards Vater entließ alle seine Dienstboten und entfernte alles Weitere, das ihn an seine verstorbene Frau erinnerte. Dies wiederum führte dazu, dass nur er und Howard zusammen den Haushalt in Ordnung gehalten hatten; etwas, was sie über viele Jahre weitergeführt hatten. Nach dem Tod seines Vaters realisierte Howard, dass er das Haus nicht alleine unterhalten konnte, nicht mit seinem Beruf, der seine ganze Aufmerksamkeit erforderte. Das war, als er Edmund traf.

Edmund Hall war ein Herumstreicher gewesen, ein Mann, der buchstäblich mit Howard auf der Straße zusammenstieß. Er entschuldigte sich und begann dem Gentleman seine Pfeifen zu verkaufen. Als sie sich zum ersten Mal trafen, hatte Howard erst gerade seine Ausbildung abgeschlossen und Edmund war nur ein anderer Mann aus den Slums der Stadt, der einen schnellen Gewinn suchte um sich sein Leben am nächsten Tag finanzieren zu können. Aber Howard sah einen anderen Antrieb in Edmund. Der Mann wollte nicht nur sein nächstes Essen, er wollte alles, was das Leben ihm bieten konnte und war bereit alles dafür zu tun.

Als Howard das Familienhaus übernahm, ergriff Edmund schnell die Chance und ließ ihn wissen, dass es für Howard unmöglich sei, so ein großes Haus alleine zu führen. Edmund seinerseits suchte die besten Dienstboten aus der Unterstadt und gab ihnen Arbeit im Forsyth-Haushalt. Edmund, der seinen Zahltag von Howard bezog, hatte Mühe, sein Geld in der Tasche zu behalten. Es war leicht und schnell zu sehen, dass sein letztliches Ziel war, die soziale Leiter hinaufzuklettern und ein Mitglied der Elite zu werden.

Er gab sein Geld für Kleider und Gegenstände aus, die er vorzeigen konnte und versuchte so, höher zu erscheinen, als er war. Er nahm an Bällen teil und interagierte mit Personen höheren Standes als er selbst war. Was auch immer Edmund sich in den Kopf gesetzt hatte, er würde sicherstellen, dass es bis zur Perfektion abgeschlossen wurde. Howard mochte Edmund, da er die Verbissenheit des Mannes achtete und seine Suche eine bessere und respektiertere Person in der Gesellschaft zu werden.

„So, er scheint mit allem zufrieden zu sein? Ich sage das mit äußerstem Nachdruck, weil Sie offenbar der Einzige meilenweit sind."

„Lord Palmerston ist nicht gerade ein Mann, der leicht zufriedenzustellen ist. Trotz all meiner

Schmeicheleien gab er mir faktisch nichts als nur zusätzliche Arbeiten."

Edmund goss sich selbst etwas mehr von der Brühe ein, die sie zum Abendessen hatten; dabei war sein Kopf am Arbeiten. Er arbeitete mit Howard im Büro, als sein Untergebener und behandelte dabei Geschäfte, die nicht so dringend waren und von Edmund erledigt werden konnten, ohne dass Howard diese selbst überwachen müsste. „Ich vermute, er will Sie die neuen Projekte an der Stahlmine überwachen lassen?"

„Ja."

„Verdammt."

„Beachte deine Sprache, Edmund."

„Aber, Sir …"

Howard hielt eine Hand hoch und brachte Edmund damit zum Stoppen. Dennoch sprach dieser nachher weiter: „Aber Howard. Die Minen sind in der Obhut von Sir Fitzhugh."

"Und der wiederum berichtet ebenfalls an Lord Palmerston. Wenn er versuchen sollte, Probleme zu machen, könnte er seine Beschwerden auch direkt an den Lord selbst weiterleiten."

"Das wäre ein ziemliches Unterfangen." Edmund sprach mit dem Mund voller Kohl.

„Es ist jedenfalls eine Aufgabe, zu der ich nicht nein sagen konnte. Und vielleicht sind wir mit den Profiten aus diesen Arbeiten endlich in der Lage stadtaufwärts zu ziehen."

„Ja, kann sein. Es ist nur, dass ich über Fitzhugh beunruhigt bin. Dieser Mann ist berüchtigt und so ungern ich es auch sage, es ist eine ziemlich gefährliche Aufgabe."

Eine Hausangestellte kam herein und brachte eine große Schale mit Hammelfleisch auf den Tisch. Howard schaute an ihr herauf und suchte ihren Blick. Sie lächelte zurück und schenkte ihm ein kurzes Nicken bevor sie vom Tisch zurücktrat. Edmund betrachtete die beiden zwischen Gabeln voller Essen und unangemessen kauend. Sobald sie außer Hörweite war, räusperte er sich.

„Was wirklich gefährlich wäre, wäre, etwas mit Adeline anzufangen. Es würde ..."

„Edmund, lass mich selbst über meinen sozialen Status beunruhigt sein. Du hast auch viel Arbeit vor dir. Dieser neue Auftrag lastet auf uns beiden; ich werde deine Hilfe brauchen und wir werden beide unsere Hände schmutzig machen, so lass uns auf die Aufgabe fokussiert bleiben, ja?"

„Ich bin nicht sicher, ob ich derjenige bin, dem es an Fokus mangelt."

„Wie bitte?"

„Ich sage nur, wenn Sie wirklich mit der Elite mitgehen wollen, also denjenigen, die in dieser Stadt etwas zu sagen haben, dürfen Sie nicht mit Personen wie Adeline gesehen werden; es ist eine harte Wahrheit. Sie ist zweifellos eine nette Lady, aber um Ihrer Reputation und um des Geschäftes willen empfehle ich Ihnen, dies zu erwägen."

„Ich werde es erwägen."

Der Donnersturm erreichte nach dem Abendessen seinen Höhepunkt. Howard zog sich in sein Schlafzimmer zurück und fand dabei die Türen dazu offen vor. Adeline stand bei einem Stuhl, ihr Rücken ihm zugewandt. Sie war dabei seine Wäsche zu falten und sie in den Schrank vor ihr zu legen. Sie trug ein langes hellbraunes Kleid, das größtenteils aus billigem Stoff und minderwertigem Leder bestand. Die Lichter der Kerzen aus dem Leuchter tanzten über ihre Haut als leichte Lufthauche als Ableger des Sturms die Flammen belästigten. Adeline hatte ihr blondes Haar zu einem einzelnen

Rossschwanz zusammengebunden, damit es ihr nicht bei der Hausarbeit in die Quere kam.

Howard erinnerte sich daran, wann er Adeline zum ersten Mal getroffen hatte. Edmund hatte ihm eine Handvoll junger Frauen vorgestellt, die hofften, ein faires Einkommen mit Arbeit im Forsyth-Haushalt zu bekommen. In der ersten Woche ihrer Arbeit sah Howard wie Adeline mit den bereits hier arbeitenden Dienstboten in Konflikt kam. Sie wich nicht von zweimal so großen Männern zurück, die sie mit Ihrer Maskulinität einzuschüchtern versuchten. Er bewunderte sie für ihre Entschlossenheit und Hartnäckigkeit, aber auch für ihre Schönheit.

„Adeline."

Sie drehte sich auf den Klang seiner Stimme hin um. Blitze erhellten den Nachthimmel, als sie ihm gegenüberstand. Ein Windstoß blies einige Kerzen aus.

"Master Forsyth."

Sie schauten sich für einen Moment in die Augen, als sie sich gleichzeitig an all die Zeiten erinnerten, die sie zusammen und getrennt verbracht hatten. Die offene Tür hinter Howard hinderte ihn daran, das zu tun, was er sich so sehnlichst wünschte. In zwei Schritten könnte er die Distanz zwischen sich und Adeline zurücklegen, bevor er sie in seinen Armen in eine enge Umarmung heben könnte und sie ihre Lippen zu einem Kuss vereinigen könnten, der ihrer beiden Wünsche befriedigen würde.

Der Wind wehte erneut und zerrte leicht am Saum ihres Kleides und an seinem Kragen. Sie wandte ihren Blick von ihm ab, drehte sich zu einem nahegelegenen Fenster und schloss die Jalousien. Sie blieb still stehen und tat so, als sei sie damit beschäftigt, das Schloss zu schließen. Adeline fühlte, wie ihr ein Schauer über den Rücken lief, als Howards Hand über ihre Wange strich, so dass sie errötete und ein Lächeln auf ihrem Gesicht erschien.

„Howard, wir könnten … jemand könnte uns sehen."

„Lass sie. Ich werde nicht ein ängstlicher Mann in meinem eigenen Haus sein."

„Du könntest wenigstens so anständig sein, die Tür zu schließen."

„Ich lebe gerne gefährlich." Howard sprach und schloss dennoch gleichzeitig mit seinem Fuß die Tür.

„Und wie gefährlich wäre das?" Sie sprach mit freudiger Stimme. Sie entspannte sich in seinen Armen als er sie mit einer Umarmung auf das Bett neben ihnen beiden zog.

„Gefährlich genug ... um das zu tun ... und das ..." Er küsste sie auf ihren Nacken und ihre Wangen, dazwischen pausierend um zu betonen „... und ich schaue dem Tod täglich in die Augen. Nur für dich."

Sie starrte sein Gesicht im gedämpften Licht des Zimmers an und kümmerte sich nicht um die verloschenen Kerzen, um die sie sich kümmern sollte. Ihre Augen suchten sein Gesicht ab, als er ihren Blick erwiderte. Da war nichts als reine und rohe, unerschrockene Liebe, die sich in sein Gesicht geätzt hatte. Adeline fühlte es auch, als seine Hand eine lose Strähne ihres Haares zur Seite schob, bevor er einen weiteren Kuss pflanzte, aber diesmal auf ihre Lippen.

Bis in die frühen Morgenstunden fanden sie Trost in den Armen des anderen. Adeline erwachte, begrüßt von den Blicken und dem Lächeln Howards.

"Es wird bald dämmern, ich muss gehen."

"Musst du?"

"Howard, du weißt, ich muss. Jemand hier könnte uns sehen."

Howard atmete laut auf, er war früher aufgewacht und beschäftigte sich mit Tagträumen darüber, wie ein Leben mit der Frau in seinem Bett aussehen würde. Er wusste um die Gefahren, die es für ihn bedeutete, mit einer Frau mit einem anderen sozialen Status als er selbst im Bett zu liegen - eine Klasse, die als rein irrelevant betrachtet wurde. Sein Verstand zitterte bei den wenigen Malen, die er von der Hinrichtung der romantischen Partnerinnen derer, die für die Herren arbeiteten, gehört und tatsächlich heimlich miterlebt hatte. Dies alles nur, weil sie einer niedrigen gesellschaftlichen Kaste angehörten. Eine Sache, die Ihre Majestät, die Königin nicht dulden würde, war, dass jemand ihre perfekte Rassentrennung und ihre gesellschaftliche Strukturierung ruinierte.

Er arbeitete für den Staat und berichtete an Lord Palmerston, und obwohl er aus der Mittelschicht stammte, bestand immer noch die Möglichkeit, dass es sehr schlecht für sie ausgehen könnte. Aber Howard dachte, wenn er hart genug arbeiten und sich selbst dazu bringen könnte, Teil der elitären Oberschicht zu werden, könnte er sich vielleicht eine Stimme erwirken, welche die Barrikaden der Gesellschaft überwinden und einen Weg finden könnte, endlich ohne Angst mit Adeline zusammen zu sein. Doch bis dahin musste ihre Liebe ein Geheimnis bleiben, eines, das hinter verschlossenen Türen und fest zugezogenen Vorhängen bleiben würde.

Ein Klopfen an der Haustür überraschte beide. Howard hörte von unten, wie Edmund die Tür öffnete. Er zog sich in eine respektvollere Kleidung an, bevor er hinunterging.

"Master Howard Forsyth." Der Mann, der angekommen war, stand auf und sprach, als er Howard sah. "Ich bin Sir Archie Gilbert. In den Minen hat uns die Nachricht erreicht, dass Lord Palmerston Sie um Ihre Dienste gebeten hat. Master Fitzhugh hat darum gebeten, dass ich und meine Männer Sie heute auf Ihrem Weg zu den Minen begleiten."

"Eine Million Dank an Sir Fitzhugh, aber ich bin ehrlich gesagt nicht der Meinung, dass er sich so hätte bemühen sollen. Ich bin sicher, Ihre Männer würden Ihnen in den Minen einen besseren Dienst erweisen als hier."

"Gewiss, es war für Ihren Komfort gedacht. Außerdem möchten wir, dass Sie pünktlich dort ankommen, die Reise mit der Kutsche ist sehr mühsam."

Howard sah hinaus und sah Fitzhughs Männer warten. "Lassen Sie Ihre Männer hereinkommen, lassen Sie uns frühstücken, während ich mich für die Reise vorbereite. Wenn die Reise so verläuft, wie Sie sagen, muss ich vielleicht ein paar Sachen packen, und ich war noch nie in den Minen. Lassen Sie mich Ihnen einen Drink anbieten. Ich habe den allerbesten Schnaps, der von den Portugiesen angeboten wird. Ich bewahre ihn nur für meine ehrenvollsten Gäste auf. Außerdem sind wir Revisoren für unsere Gastfreundschaft bekannt, und ich muss dafür sorgen, dass sich meine Gäste so wohl wie möglich fühlen."

KAPITEL 2: DIE MINEN

Die Reise zu den Minen war eine Reise, wie Howard noch nie zuvor eine erlebt hatte. Er war sich voll und ganz der Leistungen bewusst, die die neue Kraft, welche die Dampfmaschinen nutzbar machen konnten, zu erbringen vermochte. Archie und seine Männer waren in Fahrzeugen angekommen, die Edmund als "höchst merkwürdig" beschrieb. Sie hatten Platz für etwa drei Personen und liefen auf einer Dampfmaschine. Sie sahen eher aus wie umgekehrte Streitwagen mit ihren Motoren auf dem Rücken, die tuckerten und Dampf und Wasser aufwühlten. Die mit den Dampfwagen nur vierzigminütige Fahrt führte sie von den Wohngebieten der Stadt zu den Minen am Stadtrand.

An einem Berghang war ein großer Krater eingeschnitten worden. Er war etwa drei Kilometer breit und überall in der Umgebung sah man Fahrzeuge, die ähnlich konstruiert waren wie das, in dem sie fuhren. Eine Reihe von Eisenbahnlinien kreuzten den Hang und man sah Verladestationen, wo die ersten Extrakte auf einen Zug umgeladen wurden, der sie zur Verarbeitung in das Stahlwerk beförderte. Die Morgensonne ging über dem Bergwerk auf und warf den größten Teil des Bergwerks in den

Schatten des umgebenden Hangs. Howard konnte Männer mit Spitzhacken in den Minen sehen, die auf die Felswände zugingen.

Eine laute Explosion ereignete sich auf der anderen Seite des Werkes, gerade in dem Moment, als ihr Fahrzeug näher kam. Was auch immer die Explosion ausgelöst hatte, hatte eine Steinlawine an einer der Felswände links von der Mine verursacht. Gestein und Dreck fielen locker herunter, wodurch eine Staubwolke entstand. Auf dem Gipfel des Hügels befanden sich ein paar Gebäude, eines davon war der Ort, an dem das Fahrzeug angehalten wurde.

"Das wird Ihr Büro sein." Archie sprach laut und versuchte, über das Geräusch der Dampfmaschine zu sprechen, die mehrmals pro Sekunde Wasser verdampfte und kondensierte. "Ich komme gleich zurück."

Er fuhr los, der 'Steamcart', wie sie ihn nannten, raste in die Minen und hinterließ eine Staubspur. Edmund hob Howards Aktentasche auf, als er sich zum Gebäude umdrehte. Die Struktur bestand aus Ziegelsteinen und Beton mit einem Schieferdach. Es war nicht schön, aber es würde gut halten und den Elementen trotzen. Howard drehte sich um, um die Szenerie zu betrachten, welche die Mine darstellte.

Sie war unglaublich groß und es war ziemlich leicht, eine Person darin zu übersehen. Er versuchte, den Dampfwagen zu finden, der ihn hierhin gebracht hatte, aber es liefen so viele in der Mine herum, dass er fast sofort aufgab.

Es gab ein paar Höhlen, die in die Ringe eingeschnitten zu sein schienen, welche um die Ränder der Mine herum nach unten in deren Mitte führten. Die Höhlen hatten vorne kleine Markierungen, einige von ihnen waren schwarz mit einem X und andere mit Strichen in roter Tinte markiert. Howard hatte noch nie ein Projekt dieses Ausmaßes bearbeitet, allein der Anblick allein machte ihn schwindlig, aber auch vor Aufregung ganz aufgewühlt.

"Es gibt nichts Vergleichbares, nicht wahr?"

Howard war von dem Spektakel vor ihm so gefangen, dass er den Mann, der neben ihm stand, erst bemerkte, als er sprach. Er erkannte sofort die Stimme aus seiner Zeit auf dem Stadtplatz. Fitzhugh White, der Mann, der für die Verwaltung der Minen verantwortlich war. Er war etwas größer als Howard, und auch von den Schultern her viel breiter. Sein Hemd schien eine wuchtige Masse reiner Muskeln zurückzuhalten. Sie waren wahrscheinlich in seiner Zeit in der Armee der Königin oder in der Zeit hier in den Minen gewachsen.

Fitzhugh war ursprünglich ein Soldat, der persönlich in die Privatarmeen von Lord John Russell rekrutiert worden war. Sie hatten sich der Schlacht gegen die Qing-Dynastie angeschlossen und in der Schlacht alles gegeben. Fitzhugh wurde nach Hause geschickt, nachdem sich ein Stützbalken eines der Kriegsschiffe losgerissen und sein linkes Bein am Schienbein zerschmettert hatte. Nach Jahren der Rehabilitation wurde ihm als vorübergehender Ersatz das Kommando über die Leitung der Minen übertragen, bis der frühere Verantwortliche zurückkehren würde. Sein Körper war zwar körperlich nicht mehr kriegsfähig, aber sein Geist war immer noch der eines strengen Soldaten. Es kam, dass man erfuhr, dass der vorher für die Minen zuständige Mann nie mehr zurückkehren würde und man erfuhr, dass er an sehr fragwürdigen Ereignissen gestorben war.

"So etwas habe ich auf meinen Reisen noch nie gesehen."

"Dann schlage ich vor, dass Sie noch weiterreisen, Sir Howard. Wie ich höre, sind die Goldminen von Lord Palmerston im Westen fast zwölfmal so groß wie diese."

"Was die Handhabung seiner Angelegenheiten zu einer ernsten Angelegenheit machen muss. Aber glücklicherweise haben Sie ja mich."

"Ja", er drehte sich zu Howard um, streckte die Hand aus und schüttelte seine: "Ja, das tun wir."

Der Händedruck war warm und heftig, Howard konnte sofort den Unterschied zwischen ihren Händen und ihren Griffen erkennen. Sein eigener Griff war der sanfte Griff eines Mannes, der noch nicht einmal ein Viertel dessen aufgewühlt hatte, was Fitzhugh hatte. So hart und scheinbar undurchdringlich fühlte sich dessen Hand an. Er fühlte ein gewisses Maß an Spannung, nur weil er neben Fitzhugh stand. Fitzhugh war einschüchternd, auch wenn er es nicht wollte, denn er war ein Mann, der als berüchtigt galt, Hindernisse schnell und effizient aus dem Weg zu räumen. Howard hatte jedes Recht, ihm gegenüber misstrauisch zu sein. Der Mann hatte seine eigene kleine Privatarmee, von der er oft prahlte, sie selbst bewaffnen zu können.

"Ist es hier unten immer so?"

"Ich glaube, Sie meinen hier oben. Wo wir hier stehen, wird als oben betrachtet. Dort unten in den Minen? Höchstwahrscheinlich, ja. Jeden einzelnen Tag, das ganze Jahr über. Wir müssen die Männer

Ihrer Majestät, der Königin weiterhin mit dem Metall versorgen, das sie brauchen, um mehr Erfindungen zu machen, mehr Schiffe zu bauen. Haben Sie gesehen, was für wunderbare Dinge sie mit dieser Dampfenergie gemacht haben? Ich glaube, dieses Ding wird die Kolonien revolutionieren."

"Solange wir unseren Teil übernehmen."

"Ja, so lange wir das tun. Ich glaube, Sie haben Ihr Büro gesehen?"

"Ich war noch nicht drin."

"Nun, packen Sie Ihre Sachen aus und gewöhnen Sie sich an den Raum. Ich würde Ihnen gerne eine persönliche Führung durch die Minen geben, bevor es Mittag ist, damit Sie anschliessend mit Ihrer Arbeit beginnen können." Fitzhugh gab einen lauten Pfeifton von sich, und ein Dampfwagen fuhr auf sein Kommando an seine Seite und sein Fahrer wartete auf seinen Befehl. "Sie müssen Archie finden und ihm sagen, er soll die Höhlen bereitmachen, wir kommen damit." Er sprach mit dem Arbeiter neben ihm, der sich beeilte, um die Nachricht weiterzugeben.

"Es dauert nur wenige Augenblicke." Howard klopfte, als er ins Büro trat und sah, wie Edmund bereits seine Akten ablegte und versuchte, den

Staub von den meisten Möbeln zu entfernen. Der Raum schien eng mit nur zwei Männern zu sein, was Howard ärgerte, da er gerne viel Platz hatte.

"War das Fitzhugh?"

"Ja."

"Was hat er zu Ihnen gesagt?" fragte Edmund mit einem leichten Zittern in der Stimme.

"Es ist genau, wie ich befürchtet habe, Edmund. Er hat mich gebeten, vollständig in die Minen umzusiedeln, wir werden es heute nicht nach Hause schaffen, mein Freund."

Edmund starrte mit großen Augen, als sein Gehirn sich bemühte, den schelmischen Ton des Satzes herauszufinden.

"Oh, entspannen Sie sich, er bot mir eine Führung durch die Mine an. Ich denke, es wäre das Beste, wenn wir beide..."

Eine weitere Explosion erschütterte das Gebäude. Diese wurde von lauten Stimmen begleitet, die draußen etwas Zusammenhangloses schrien. Die beiden Männer tauschten Blicke aus.

"Das ist doch normal, oder?"

Die Schreie eskalierten und veranlassten beide Männer, nach draußen zu rennen. Eine große Staubfahne hing in der Luft, die von den sanften Frühlingswinden hin und her geweht wurde. Howard und Edmund starrten in die Mine hinunter, unfähig zu sagen, was passiert war. Howard sah sich nach dem nächsten Arbeiter um, den er finden konnte, und packte ihn an der Schulter.

"Was geht hier vor?"

"Eine der Höhlen ist eingestürzt! Wir haben Männer, die da drin festsitzen, und das Reservoir..."

Es war eine große Stahlkonstruktion, die zum Auffangen und Weiterleiten von Wasser um die Mühle herum entworfen wurde, die sich nur wenige Meter von jeder Höhle entfernt befand. Das Wasser diente vor allem dazu, die Maschinen anzutreiben, die die Löcher gebohrt hatten, aber jetzt war das Reservoir neben der eingestürzten Höhle umgefallen und begann sich in die Höhle zu ergießen. Es gab für keine der Höhlen einen anderen Ausgang, da sie nur über einen einzigen Zugang verfügten, so dass das Wasser in das Loch strömte, bis es sich füllte und die Männer darin ertranken.

Howard rannte auf den Ort des Geschehens zu. Er war über fünfhundert Meter entfernt und unsicher, was er tun sollte, wenn er in der Höhle ankommen würde, aber er lief weiter, Edmund folgte ihm flink hinterher. Zwischen dem Staub und der Aufregung sah Howard Fitzhugh vor der eingestürzten Höhle stehen. Er stand dort und starrte auf die Trümmer vor der Öffnung der Höhle, ein Anblick, der Howard verblüffte und verwirrte. Plötzlich erschien Archie neben ihm in einem etwas größeren Dampfwagen, der viel mehr als nur einen Mann transportierte.

Archie hievte verschiedene große Gegenstände, die er mitgebracht hatte, vom Fahrzeug. Getrennt ergaben sie für Howard keinen Sinn, aber langsam, als Archie und einige andere halfen, sie auf Fitzhugh zu montieren, fing es an, einen Sinn zu ergeben. Das Ganze wickelte sich zusammen mit einer Art großen Stiefeln um seinen Körper, die Fitzhugh leicht fast 3 Meter groß machten. In der Mitte hatte er eine große Weste, dahinter schien der Motor zu liegen, der die Maschine antrieb. Auf seinen Armen lagen große, handschuhartige Verstrebungen. Die rechte Hand war mit einer großen Basis und vier kleineren Schraubstöcken ausgestattet, die wie Finger wirkten, und die linke Hand schien nur ein einfaches Blech zu sein.

Das Ganze sah aus, als würde es eine Tonne wiegen, denn Howard versuchte - abgesehen davon, wie er es geschafft hatte, die Maschine zu bekommen - zu verstehen, wie Fitzhugh in der Lage war, das gesamte Gewicht der Ungeheuerlichkeit zu tragen. Dann aber konnte er die Fülle von Kolben und Zahnrädern sehen, die sich im Mittelteil nach oben und unten bewegten. Der Teil, der sich um Fitzhughs Torso wickelte, hielt das Ganze zusammen, komplett mit der Dampfmaschine, alles zusammengeschnallt. Das von ihr ausgehende Geräusch war laut und ohrenbetäubend, die Metallteile surrten und die Maschine lief auf Hochtouren, um das ganze Gebilde aufrecht zu halten. Howard und Edmund traten einen Schritt zurück und sahen voller Ehrfurcht zu.

Fitzhugh drehte sich mit dem Gesicht zum Höhleneingang um und warf seine linke Hand in Richtung des Felsens. Der linke Arm der Maschine folgte ihm, schlug tief in den Felsen ein und warf kleinere Stücke herum. Schnell wurden zwei große Kupferbalken darunter befestigt, während die Männer fieberhaft arbeiteten, auf eine Art und Weise, die fast einstudiert schien. Die Balken würden dem mechanischen Arm Hilfe geben, etwas, das er brauchte, da das flache Ende, das bereits im Fels vergraben war, das Metallblech tiefer in den Höhleneingang feuerte. Diese flache Oberfläche hielt einen beträchtlichen Teil der Trümmer auf, die herabstürzen würden, wenn diejenigen, die den Höhleneingang versperrten, entkommen sollten.

Um die Füße der Maschine und die um sie herumstehenden Männer hatte sich Wasser angesammelt. Fitzhugh beugte den anderen Arm nach unten und benutzte die Schraubstöcke, um große Felsbrocken und Gesteinsbrocken herauszuziehen. Während er diese Aktion durchführte, lösten sich weitere Steine von oben und ergossen sich geradewegs auf den Kupferbalken und den Arm der Maschine, die den Höhlenkopf hochhielt. Das Wasser um seine Füße rauschte in die Höhle, als er einen Weg für die eingeschlossenen Männer bahnte. Als der Raum, den er ausgegraben hatte, weit genug war, schoss eine Hand durch ihn hindurch, offen und mit der Handfläche nach oben, als ob der Besitzer um Hilfe betteln würde. Edmund griff nach Howard, von Angst gepackt. Fitzhugh arbeitete schneller, zog und zog sich von der eingestürzten Höhle weg, bis schließlich ein Mann herausfiel, der stotterte und Wasser aushustete, das ihn fast ertränkt hatte.

Sechs Männer wurden aus der Höhle gezogen, keiner von ihnen wurde dank der im Voraus geplanten Vorsichtsmaßnahmen durch die Minen schwer verletzt. Aber ohne die Hilfe von Fitzhugh wären die Männer so gut wie tot.

***

"Es tut mir leid wegen heute Morgen, Mr. Forsyth. Die Minen können ein tückischer Ort sein, und selbst wenn wir uns am besten auf alle Eventualitäten vorbereiten, werden wir nie vollständig sicher sein."

Fitzhugh traf sich ein paar Stunden nach dem Vorfall mit Howard. Er hatte sich saubergemacht und sich in einen formelleren dreiteiligen Anzug gekleidet; der Dreck und der Schmutz der Probleme, die sie gerade in den Minen gesehen hatten, tauchten nirgendwo an ihm auf. Howard bemerkte, dass er eine Pistole bei sich trug, die er leicht unter seinen Mantel gesteckt hatte, ohne großen Versuch, sie zu verstecken. Fitzhugh liebte es, gefürchtet zu werden, und er würde alles unternehmen, um dies aufrecht zu erhalten.

"Es ist schon in Ordnung. Die Männer; wie geht es ihnen?"

"Ziemlich gut, wenn man bedenkt, was passiert ist. Ich meine, ein paar gebrochene Knochen und verängstigte Lungen, aber nichts, was eine Menge Ruhe nicht beheben könnte."

Howard nickte, es war ihm unangenehm, im selben Raum mit einem Mann zu sein, der so viele Geschichten über seine Vergangenheit sein eigen nannte, die so abscheulich und teuflisch waren.

"Ich kann nicht anders, als zu staunen: die Maschine, die Sie benutzt haben, um ihnen zu helfen. Das war ein unglaubliches Stück Maschinerie, ein unglaublicher Anblick, so etwas habe ich noch nie gesehen."

"Ah, ja, natürlich, eines der Wunder der Dampfkraft."

"Wie, wenn ich fragen darf, sind Sie dazu gekommen?"

"Wie sind Sie dazu gekommen? Oh, nein. Sehen Sie, ich und meine Männer haben diese Schönheit mit unseren bloßen Händen gemacht. Hergestellt aus genau dem Metall, das wir hier aus den Minen bekommen. Wir betrachten es als die Zukunft der Menschheit. Ich nenne es den Leichenbeschauer."

Die Geschichten aus seiner Zeit in der Armee kamen Howard in den Sinn, als der Mann die Worte sprach. Ganz besonders jetzt die Gerüchte, wie Fitzhugh einst den Namen "Leichenbeschauer" erhalten hatte. Eines besagte, dass Fitzhugh in einer geheimen Sondermission hinter den feindlichen Linien ein Flottenkommandoschiff der Qing-Dynastie infiltriert haben soll. Als er an Bord des Schiffes kam, schlachtete er alle an Bord befindlichen Personen eigenhändig ab.

Besatzungsmitglieder und Soldaten einer gegnerischen Armee zu töten, war eine Sache. Aber bei der Untersuchung hatte sich herausgestellt, dass es sich bei dem Schiff tatsächlich um eines handelte, das von der Armee der Königin gefangen genommene Frauen und Kinder gerettet hatte, die nach China hätten zurückgebracht werden sollen. Fitzhugh hatte keinen einzigen von ihnen verschont. Niemand wusste genau, wie viele an Bord des Schiffes waren, da er das Schiff versenkte, nachdem er sie alle ermordet hatte. Er wurde nie wegen Kriegsverbrechen angeklagt, seine Taten brachten ihm sogar die Gunst einer Handvoll Lords ein, die mit der Königin zusammenarbeiteten.

Als er das Kommando über sein eigenes kleines Bataillon erhielt, konnte er sich frei im ganzen Reich bewegen und Hinrichtungen derjenigen ausführen, die es wagten, sich gegen die Königin und ihre Männer zu stellen. Ein Interessenkonflikt zwischen zwei Lords hatte dann aber zum Sturz Fitzhughs geführt. Er wurde unter die Aufsicht von Lord Palmerston gestellt. Seine früheren Verbrechen waren schnell unter den Teppich gekehrt worden, so dass er neu hatte beginnen können. Lord Palmerston kannte die Geschichten und wusste, wozu Fitzhugh fähig war; die Berichte hatten ihn aus erster Hand von seinen Vorgesetzten erreicht. Sein Rückfall durch seinen unglücklichen Unfall bedeutete, dass Lord Palmerston Fitzhugh auf die Minen beschränken würde, um sicherzustellen, dass er nie wieder der Mann werden würde, der er einst war.

"Gibt es ein Problem?"

"Keineswegs, Sir Fitzhugh." Howard drehte sich um, um den Raum zu verlassen.

"Forsyth. Bitte, nennen Sie mich Fitz."

Der Ton klang etwas zu informell. Etwas, das unglaublich untypisch für einen Mann mit seiner Geschichte war. Howard drehte sich mit einem knappen Nicken auf die Ferse. "Fitz."

"Es gibt da noch etwas, das ich mit Ihnen bespre-chen möchte."

"Und was wäre das?"

"Nun, wie Sie sehen können, sind die Minen si-cherlich kein Ort für, nun ja, es ist nicht wirklich si-cher. Ich muss mich um die Sicherheit meiner Män-ner kümmern, und obwohl ich Palmerstons Wei-sung respektiere, glaube ich doch, dass es das Beste wäre, wenn Sie außerhalb des Geländes arbeiten könnten?"

"Warum das? Hier kann ich die Dinge besser im Auge behalten. Und ich bin durchaus in der Lage, auf mich selbst aufzupassen."

"Und ich bin sicher, dass Sie das können. Aber wie Sie bereits gesehen haben, passieren hier Un-fälle, und es ist ziemlich unmöglich zu sagen, was wem oder wann was passieren könnte. Es macht je-doch Sinn, alles zu tun, was möglich ist, um zu ver-meiden, was auch immer an Unfällen passieren könnte. Dazu gehört, dass nur das notwendigste Personal vor Ort ist. „

"Ich werde Edmund nach Hause schicken und ihn nur dann mitnehmen, wenn es von größter Wichtigkeit ist. Ich bin sicher, dass diese Unfälle nicht jeden Tag passieren?"

"Nein."

"Dann bin ich sicher, dass wir nicht das Pech haben werden."

Fitzhugh erhob seinen Kiefer und ließ eine Faust los, die Howard nicht gesehen hatte. Offensichtlich mochte er es nicht, herausgefordert zu werden, und er hoffte, dass dies das Ende davon sein würde.

"Nun denn, ich hoffe, dass wir alle perfekt zusammenarbeiten können."

"Ich bin sicher, das können wir." Howard kippte seinen Hut in seine Richtung, bevor er abbog.

"Tut mir schrecklich leid, ich schneide Ihnen immer wieder den Weg ab. Dürfte ich Sie vielleicht um einen kleinen Gefallen bitten? Nun, aufgrund des Zwischenfalls mit der Höhle sind wir zwar etwas knapp an Personal, aber Lord Palmerston wird trotzdem erwarten, dass sein Stahl ihn erreicht. Bis zum Ende der Woche haben wir einen Zug, der den Stahl bis zur Küste bringt, wo er auf die Schiffe verladen und zu ihm gebracht wird. Vielleicht könnten Sie helfen, den Zug zu begleiten?"

"Natürlich." Howard starrte ihn zuvorkommend an, ohne einen Moment darüber nachzudenken. Dann kam ihm ein Gedanke. "Ich glaube, ich habe eine eigene Bitte. Nur eine Frage meines Berufs. Gibt es eine Möglichkeit, wie ich Zugang zu den früheren Akten der Buchhaltung erhalten kann?"

"Ich fürchte, das wird nicht möglich sein. Sie sind der erste Prüfer, den wir haben. Das einzige Personal, das wir hatten, war ein Buchhalter, und ich glaube nicht..."

"Oh nein, das ist mehr als schön. Ich brauche nur etwas, mit dem ich beginnen kann. Wenn Sie jemanden dazu bringen können, die früheren Buchhaltungsunterlagen vor Sonnenuntergang für mich zu beschaffen?"

"Vor Sonnenuntergang? Nun, ich weiß nicht, das wird nicht möglich sein. Sehen Sie, unser früherer Buchhalter arbeitet nicht mehr hier, wie Sie wissen. Er hat alles, was er hatte, einschließlich seines Büros, in sein Haus in der Stadt verlegt."

"Dann werde ich es wohl auf meinem Heimweg von ihm bekommen können."

Die beiden Männer standen sich für einige Augenblicke gegenüber, Howard war sich nicht sicher, wie er weiter vorgehen sollte. Er war sich ziemlich sicher, dass er Fitzhugh durch seine Unnachgiebigkeit auf die Nerven gegangen war, und er hatte wenig Ahnung, wie er die Situation deeskalieren könnte. Auf der Augenbraue des ehemaligen Soldaten hatte sich eine Schweißperle gebildet, seine Augen blieben beunruhigend ruhig, aber sein Kopf bewegte sich so schnell, dass es nicht so aussah; er war berechnend.

Howard Forsyth war ein Problem. Das wusste Fitzhugh schon, bevor der Mann zur Zusammenarbeit mit ihm berufen worden war, aber jetzt schien er mehr zu sein, als Fitzhugh befürchtet hatte, und solche Probleme beeinflussten immer seine Pläne. Aber wie immer wusste er genau, wie man Probleme löst, er betrachtete sich selbst als Profi im Anpacken von Problemen, und dieses würde auch nicht anders sein. Der Prüfer musste so schnell und diskret wie möglich erledigt werden, und dann konnte sein Plan weitergehen.

"Ich werde jemanden seine Adresse an Sie schicken lassen. Einen schönen Tag noch, Sir Forsyth, willkommen in den Minen."

Er ging an Howard vorbei und ließ ihre Schultern leicht aneinander streichen. Es war ein so sanftes Streichen, dass Howard nicht sagen konnte, ob es eine antagonistische Geste war, aber eines war ihm klar: Fitzhugh mochte es nicht, dass er in seiner Nähe war.

KAPITEL 3: SAMANTHAS TOCHTER

A deline hob ein weißes Baumwollhandtuch vom Boden des Schlafzimmers auf. Die späte Nachmittagssonne strömte schräg durch die Stahlstäbe eines Fensters in den Raum, während Staubmilben herumtanzten. Der Raum roch nach Lavendel und Ziegenmilch, zwei Substanzen, die gerade an dem Kind auf dem Bett verwendet worden waren. Adeline passte gelegentlich auf ihn auf, um sich etwas dazuzuverdienen, eine Arbeit, die ihr noch nicht ganz geheuer war.

"Ich gehe jetzt." Ein Ruf kam aus dem Nebenzimmer, von der Mutter des Kindes. Eine Frau der elitären Klasse, die zu beschäftigt war, um sich um ihren eigenen Nachwuchs zu kümmern, da das Teetrinken eine dringendere Angelegenheit war.

"Ja, Herrin."

Sie betrat das Zimmer, warf Adeline einen Blick zu und drehte sich dann zu ihrem Sohn um, der auf dem Bett saß. Sie war stark geschminkt und trug eine große Handtasche, eine ohne Henkel. Das war etwas, das Adeline nicht verstehen konnte. Ihre eigene Handtasche hatte immer einen Henkel, damit sie sie besser greifen konnte. Sie dachte, dass es vielleicht eine weitere der subtilen Gesten von Damen der Eliteklasse war, die alles taten, um sich von den Bürgerlichen abzuheben, den Frauen der Fußklasse der Kolonien, die Kleider trugen, in denen man sich nicht begraben lassen möchte. Für Damen wie ihre Herrin bedeutete fast alles Macht. Sie lag in der Luft, die sie atmeten - so hatte man es ihnen sicher beigebracht, noch bevor sie definieren konnten, was genau Macht bedeutete, oder das Wort ohne kindlichen Tonfall aussprechen konnten. Die Nuancen ihres Lebens hatten sich darum gedreht, sich so zu benehmen, dass sie Wertschätzung erhielten, von der Sanftheit in ihrem Gang, der Lautlosigkeit, die in ihrem Lachen sein musste, bis hin zu dem Duft, der sie begleitete, und jetzt bis hin zu der Art von Handtaschen, die sie trugen. Klasse sah für Adeline wie eine Geisteskrankheit aus.

"Wenn du ihn ins Bett gebracht hast, geh aus dem Haus und komm zu mir in den Stall. Wenn ich bis dahin nicht mehr da bin, dann schlage ich vor, dass du morgen wiederkommst. Dann kannst du deinen Lohn abholen."

"Ja, Herrin." Wiederholte Adeline und versuchte, den Blickkontakt mit ihr nicht zu verlieren.

"Oh, und Tom?" Sie rief nach ihrem Sohn. "Wenn sie irgendetwas anstellt, sagst du mir Bescheid, wenn ich wiederkomme, ja?"

"Ja, Mama."

Sie ließ Adeline in unterdrückter Wut stehen. Sie kämpfte gegen die negativen Gedanken an, die ihr durch den Kopf schossen, denn es gab so viel, was sie hätte tun können, aber sie dachte nicht daran. Sie drehte sich zu dem Kind um.

"So, Tom, Zeit fürs Bett."

"Nein! Noch nicht ..."

"Doch, Tom, ich muss jetzt gehen. Du musst jetzt sofort ins Bett gehen, junger Mann."

"Aber ich will eine Geschichte!"

"Tom."

"Bitte... Adeline. Nur eine?"

Das Kind starrte sie mit flehenden Augen an. Sie atmete angestrengt aus. Er würde im Sinne seiner Eltern erzogen werden, höchstwahrscheinlich seines Vaters, und er würde aufwachsen, um ein Vermögen zu erben und das Handwerk der Männer vor ihm zu erlernen. Ein weiterer arroganter Groß-

stadtmensch, der sich nicht um ihresgleichen kümmerte. Aber genau in diesem Moment, in dem er sie
flehend anstarrte, konnte sie nur ein Kind sehen,
das eine gute Geschichte hören wollte.

"Also gut, Tom. Ich glaube, ich habe eine Geschichte für dich, und diese ist eine wahre Geschichte, und nur wenige Menschen wissen davon.
Und jetzt schlüpf unter die Decke, damit ich anfangen kann, ja?" Sie schloss die Fensterjalousien und
schnitt damit das meiste Licht ab, das in den Raum
eindrang, während der Junge ihrer Bitte nachkam,
begierig und unschuldig für ihre Geschichte.

"Lange bevor du geboren wurdest, als die Königin ungefähr so alt war wie ich, gab es einen Mann
namens Jeffery. Er war ein Soldat, ein Mann der
Tapferkeit und des Mutes, der alles für die Königin
und für sein Land gab. Eines Tages, auf einer seiner
Missionen, fand Jeffery etwas."

"War es ein Zauberschwert?"

"Nein, Tom. L-"

"Das Ungeheuer von Loch Ness?"

"Sei nicht frech, nein. Keine Unterbrechungen,
Tom, sonst..." Sie brach kurz ab und fuhr dann fort:

"Jeffrey hat etwas viel Mächtigeres als das gefunden. Er hat die Liebe gefunden. Und diese Liebe fand er in der Form einer Frau namens Samantha."

Adeline hielt inne und starrte fixiert auf eine Lücke hinter Tom, während sie die Erinnerungen an all die Male spürte, die ihr die Geschichte erzählt worden war. "Nun, Samantha war eine erstaunliche Frau. Die allererste, die das Herz von Jeffery je erobert hat. Sie war anders als alle, die er je getroffen hatte, und er wusste, dass Samantha diejenige war, die er zu seiner Frau machen würde. Aber es gab ein Problem. Sie stammte aus den Kolonien. Eine arme Familie aus dem Süden ohne einen einzigen Anspruch auf ihren Namen. Die Königin verbot ihren Männern, irgendetwas mit diesen Südstaatlern zu tun zu haben, oder sogar mit Menschen aus der Unterschicht selbst, da sie der Meinung war, dass es die Linien der Macht verwischen würde. Aber sie war blind für die Linien der Liebe.

Jeffrey und Samantha trafen sich heimlich im Schutze der Dunkelheit, aus Angst, von jemandem gesehen zu werden, und beteten für ein Wunder, das es ihnen beiden erlauben würde, zusammen zu sein. Aber in dieser Welt laufen die Dinge selten perfekt. Jemand erfuhr von ihnen und ihrem kleinen Geheimnis und meldete es einem sehr gemeinen Mann namens Lord Carrington. Er war ein sehr

böser Mann und hat eine Menge böser Dinge getan."

"War er ein richtiger Lord?" fragte Tom zwischen
einem Gähnen.

"Oh ja, das war er. Sehr real. Und als er von Jeffery und Samantha erfuhr, erwischte er sie und gab
Jeffery einen sehr gemeinen Auftrag. Er forderte ihn
auf, Samantha selbst zu töten, um zu beweisen, dass
er sich nicht für sie interessierte. Aber Jeffery konnte
das nicht, er weigerte sich und missachtete damit
den Befehl eines Lords. Carrington wurde ebenfalls
sehr wütend, er fühlte sich beleidigt, aber Jeffery
war immer noch ein Soldat der Königin, also suchte
er nach der ultimativen Möglichkeit, Jeffery zu be-
strafen, und so nahm Carrington sein Pferd und
machte sich selbst auf den Weg. Er würde zur Königin selbst reiten und sie von Jeffreys Ungehorsam
wissen lassen. Wenn die Königin davon erfuhr,
würde Samantha auf Befehl der Königin getötet
werden und Jeffery würde höchstwahrscheinlich
aus der Armee nach Hause geschickt und seines
Ranges enthoben werden.

"Jeffery erfuhr von dem Plan seines Lords und
wusste, dass er Samantha nicht sterben lassen
konnte, also ritt er mit seinem Pferd hinter Carrington her. Jeffery ritt viel schneller als sein Herr, und

so holte er ihn ein, lange bevor sie in die Nähe des Palastes der Königin kamen. Nach einem langen und zermürbenden Kampf gelang es Jeffery, Lord Carrington auszuschalten, aber dadurch wurde der tapfere Soldat zu einem Staatsfeind. In dieser Nacht suchte er Samantha auf und hinterließ ihr eine einzige Nachricht: den Staat zu verlassen und nie wieder zurückzukehren. Tage später wurde Jeffery gefasst und wegen Hochverrats gehängt.

"Samantha entkam, schwanger mit einem Kind, das sie von ihm hatte. Sie ließen sich irgendwo in den Ebenen von Greene County nieder."

"Du meinst, Samantha ist hier?"

"Nein, Tom. Sie ist längst tot, Gott hab sie selig. Aber ihr Kind ist irgendwo hier unter uns und wartet auf eine Chance."

"Um was zu tun?"

"Um alles zu verändern. Um die Königin zu stürzen und ihre albernen Regeln, wer mit wem zusammen sein darf und wie man die Dinge zu organisieren hat. Eines Tages, so hoffe ich, wird Samanthas Kind diese Chance bekommen, und alle Menschen werden alles essen können, was sie wollen, und hätten die Freiheit, zu lieben, wen sie wollen."

Tom verstummte, seine Augenbrauen waren tief in Gedanken gefaltet. Adeline bemerkte, dass sie dem Kind höchstwahrscheinlich Angst eingejagt und ihn auf Gedanken gebracht hatte, die für seinen jungen Geist überfordernd sein würden. Er mochte zu einem weiteren Mann heranwachsen, der durch die Kolonien trabte und die Unterschicht unterdrückte, aber jetzt war er immer noch ein Kind, das nur eine Gute-Nacht-Geschichte wollte, und sie sah ihn als nichts anderes an, als sie ihm die Geschichte erzählte.

Die Unschuld in den Augen des Kindes war es gewesen, die sie dazu gebracht hatte, das Schlimmste von dem, was Samanthas Kind nach ihrer Geburt durchmachen würde, wegzulassen. Adeline hatte dem Kind nicht erzählt, wie Samantha an einer mysteriösen Krankheit gestorben war. Der nächste Arzt im Süden war eine Wochenreise weit entfernt. Er war näher an das Zentrum des Staates gezogen, wo es für die Bewohner des Südens fast unmöglich wäre, ihn zu erreichen, zumindest nicht, wenn sie dringend Hilfe brauchten. Adeline hatte ausgelassen, wie Samanthas Kind, gerade fünf Jahre alt, neben ihrer Mutter gesessen hatte, als diese in ihrem Sterbebett lag und trotz aller Bemühungen der Nachbarn verdorrte. Sie hatte weggelassen, wie Samanthas Tochter aus ihren

Händen gerissen werden musste, als die Tage vergingen und es der Frau nicht besser ging. Die Leute befürchteten, dass das, was sie hatte, zu etwas werden könnte, das sich ausbreitete und ihre Tochter und den Rest der Stadt infizierte. Adeline hatte die Tatsache ausgelassen, dass Samantha am Tag nach der Trennung von ihrer Tochter gestorben war, und sie in einem unmarkierten Grab weit weg von ihrem Wohnort begraben worden war.

Samanthas Tochter würde überleben, indem sie alles tun würde, was sie konnte. Keine Aufgabe würde ihr zu unwürdig erscheinen, nicht für jemanden aus ihrer Klasse, nicht für ein Mädchen ohne Familie. Sie würde mit einer Gruppe von Freunden aufwachsen, die ein ähnliches Schicksal hatten wie sie, und sie würde von ihnen die Kunst des Überlebens in vielerlei Hinsicht lernen. Sie würden ihr Tricks beibringen, die für eine junge Dame natürlich unerhört sein sollten, und sie würde ihren Spötteleien trotzen und diese Tricks sogar noch besser ausführen als sie es jemals taten. Das Mädchen verpackte ihr Haar oft unter einer Mütze und hüllte sich in die Kleidung von Jungen, in Lumpen, wenn ihre Bande unterwegs war, um ihre neuen Tricks auszuprobieren oder einfach die alten zu benutzen, um sich Essen für den Tag zu besorgen. Irgendwann würden diese Tricks nicht mehr helfen, und das Mädchen und ihre Freunde würden nächtelang ohne Essen in ihren Bäuchen auskommen müssen. Und sie würden betteln müssen, etwas, das das Mädchen aus tiefstem Herzen verabscheute, aber sie würde es trotzdem tun. Das Mädchen und ihre Freunde verließen die Stadt und gingen auf die Straßen, wo sie auf Reisende trafen, die anhielten. Sie baten diese gut gekleideten und gut sprechenden Menschen um alles, was sie freundlicherweise für sie erübrigen konnten. Einige warfen ihnen halb gegessene Brote zu. Andere waren so perfide, den Kindern den Schleim ihrer Kehlen und Worte anzubieten, die den Kindern das Herz noch mehr brachen. An einem sehr schönen Tag begegneten sie einem Fürstensohn, der ihnen einen Penny zuwarf, als die Kutsche seines Vaters vorbeifuhr und er mit einem Lächeln im Gesicht durch das Fenster spähte.

Wenn dieses Mädchen fünfzehn würde, würde sie eine Madam Saleh finden, eine Dame, die wusste, wie man Südländer in die Häuser der Eliten brachte. In die Häuser, wo sie dann als Mägde, Gehilfen, Stallknechte, Köche und was immer die Herren und Herrinnen brauchten, arbeiten konnten. Sie würde Madam Saleh anflehen, ihr einen Job zu besorgen, und die Dame würde sie fragen, ob sie irgendwelche Fähigkeiten besäße, zu denen nicht das Sparen gehörte, eine, die vielleicht die Pflege eines

Hauses beinhaltete. Das Mädchen würde den Kopf schütteln und Madam Saleh würde anbieten, dass das Mädchen stattdessen bei ihr bleiben könnte. So könnte es lernen, die Dinge der Hilfen, die in den größeren Häusern arbeiteten, zu tun. Damit hätte es Essen im Bauch und eine warme Ecke zum Hinlegen, wenn die Nacht zu kalt wurde. Und das Mädchen würde es annehmen.

Adeline sah Tom an, wie der Junge in aller Ruhe schlief. Die Kerzen des Kronleuchters im Zimmer brannten mit ihren tanzenden Flammen, die es in Abwesenheit von Tageslicht erhellten. Sie beobachtete den Jungen, wie er in seinem eigenen Bett schlief, in seinem eigenen Zimmer, in einem Haus, das seinem Vater gehörte. Sie sah das Gegenteil von dem, was sie gehabt hatte, was sie sich wünschte zu haben, und was sie gehabt hätte, wenn die Königin es ihr nicht genommen hätte. Sie war so böse und Menschen aus der Unterschicht hasste sie so sehr, dass es im Staat eine Sünde für Menschen aus der Mittel- und Oberschicht wurde, mit ihnen zu verkehren, geschweige denn sie als Liebhaber zu haben. Adeline beobachtete, wie der Junge ein kleines Schnarchen durch seine kieselsteinartige Nase ausstieß, und sie erinnerte sich daran, warum sie alles tun würde, damit die absurde Erklärung, die ihr Leben beherrschte, ein Ende fand. Als sie ihr Gesicht von dem Kind wegriss und wieder zu sich kam, erinnerte sie sich daran, dass die Herrin sie gebeten hatte, im Stall zu sein, sobald das Kind schlief. Sie stand neben dem Bett des Kindes auf und ging die Treppe hinunter, in der Hoffnung, dass sie nicht bis zum nächsten Tag warten musste, um bezahlt zu werden.

KAPITEL 4: DER BUCHHALTER

Das Haus von Bryce Allen war ein großartiges Werk der Architektur. Eines der feineren Häuser der Mittelklasse. Howard kannte zwar den Namen des Mannes, der den Besitz des Hauses für sich beanspruchte, aber ihre Wege hatten sich nie gekreuzt. Selbst innerhalb des mittleren Kreises der Gesellschaft gab es solche, die sich in einem ernsthaften Kampf befanden, um in die höchsten Ebenen der Gesellschaft aufzusteigen, und so hatten sie kaum etwas mit ihren Mitmenschen zu tun. Das Haus war übersät mit Fenstern und Verandas. Die links und rechts herausstehenden Fahnen ließen das Gebäude ein wenig chauvinistisch erscheinen, aber der Mann, der dort wohnte, war einer der wenigen Menschen, die jemals von der Anwesenheit Ihrer Majestät, der Königin selbst, beehrt worden waren.

Als Howard sich vom Innenhof her näherte und den perfekt gepflegten Garten bewunderte, bemerkte er, dass das Gebäude drei Schornsteine hatte. Seine Gedanken eilten schnell zurück zu den Winterperioden, und ihm wurde klar, dass er immer nur einen rauchen gesehen hatte. Er lächelte zur Bestätigung. Häuser mit mehr Schornsteinen galten als Eigentum wohlhabenderer Männer. Einige waren sogar so weit gegangen, falsche Schornsteine in ihre Dächer einzubauen. Er bemerkte einen jungen Mann in einer zweiteiligen schwarz-weißen Uniform, der an der Tür auf ihn wartete. Er stellte sich aufrecht hin und musterte ihn.

"Hallo!" Howard rief ihm mit einer Winkbewegung seines Stocks zu. "Howard Forsyth. Ich möchte bitte Master Allen sehen."

"Master Forsyth." Der Diener sprach mit wohlklingender Stimme und mit einer Etikette, die für den Durchschnittsmenschen unglaublich unheimlich wirkte. "Ich fürchte, Master Allen kann Sie jetzt nicht empfangen. Vielleicht sollte ich ihn informieren, dass Sie gekommen sind, und Sie können ein anderes Mal wiederkommen."

"Das kann ich nicht zulassen. Ich muss ihn sofort sehen, es ist von äußerster Wichtigkeit." Howard brach den Blickkontakt nicht ab, während er mit dem Diener sprach. "Wenn es sein muss, sagen Sie ihm, ich sei von Sir Fitzhugh aus den Minen geschickt worden."

Die Augen des Dieners weiteten sich beim Klang des Namens, offensichtlich erkannte er ihn. "Ich werde ihn bitten, es sich noch einmal zu überlegen. Kommen Sie doch herein."

Man ließ ihn in das Gebäude, das sich nicht allzu sehr von dem seinen unterschied. Sein Eingang hatte ebenfalls eine Halle, aber diese war fast doppelt so groß wie seine. Der einzige funktionierende Schornstein rauchte direkt vor ihm und verzehrte Holz. Die Wände waren mit hölzernen Masken, Reliquien und Gegenständen ausgekleidet, die er wahrscheinlich bei einem Verkauf von mitgebrachten Gegenständen aus den afrikanischen Kolonien erworben hatte. Howard bekam einen plüschigen Eichenstuhl, in dem er sitzen konnte, während er wartete. Der Diener verschwand in einem der Eingänge und ließ ihn allein zurück.

Howard fand es beunruhigend, wie ein Buchhalter genug Reichtum angehäuft hatte, um sich ein so prächtiges und verschwenderisch eingerichtetes Haus leisten zu können. Vielleicht hatte Bryce Allen weitere Einkommensquellen, die besser bezahlt wurden als Buchhaltung. Was auch immer es war, Howard hoffte, ihn dazu zu bringen, ein paar Geschäftsgeheimnisse preiszugeben, auch und vor allem vielleicht, ein paar Tipps, wie man mit Fitzhugh zusammenarbeiten konnte.

Er ging durch den Flur, als er das Arbeitszimmer des Buchhalters am anderen Ende des Gebäudes sah. Seine Flügeltüren standen fast einladend offen. Hinter dem großen Schreibtisch stand ein Regal, vollgepackt mit Büchern und Dokumenten, die nach ihm riefen. Howard fand sich im Inneren des Arbeitszimmers wieder, sein Finger fuhr über die Bücher, studierte ihre Namen, um eines zu finden, das sein Interesse wecken würde.

"Das sind meine wertvollsten Besitztümer."

Howard klammerte sich fest an seinen Stock, als die Stimme ihn aus seiner selbst auferlegten Utopie riss. Er brauchte eine Sekunde, um seine Fassung wiederzuerlangen, bevor er sich umdrehte. "Sie sind absolut erstaunlich, Master Bryce."

"Forsyth." Er sagte den Namen, als wäre es eine neue Geschmacksrichtung, die er probierte. Bryce Allen war ein älterer Mann, der sich stark auf seinen Stock verlassen hatte. "Nicholas Forsyth. Du bist sein Junge. Wie geht's?"

"Sehr gut, mein guter Herr. Ich sehe, Sie sind mit der Zeit gegangen. Diese Stücke an der Wand, die Masken und Reliquien. Sie müssen ein Vermögen gekostet haben." Howard gestikulierte zu den Holz-masken, die an den Wänden des Arbeitszimmers hingen.

"Ich habe den größten Teil meines Einkommens darauf verwendet, Stücke der Geschichte zu kau-fen. So hat es meine Frau genannt, Gott hab sie selig. Am Anfang hielt sie mich für verrückt, aber jetzt glaube ich, dass ich die größte Sammlung der afri-kanischen Kultur im ganzen Süden habe, Ihre Ma-jestät, die Königin selbst hat das gelobt."

"Da bin ich mir ganz sicher, dass sie das getan hat. Es muss ein einmaliger Nervenkitzel gewesen sein, da bin ich mir sicher."

"Oh, das war es. Ich glaube, ich habe Ihren Vater sogar ein paar Tage vorher getroffen. Er musste her-kommen und mich einmal durchchecken, um sich zu vergewissern, dass ich bei bester Gesundheit bin und nichts tue, was Ihre Majestät unbewusst in Ge-fahr bringen könnte. Eine Notwendigkeit in der heutigen Zeit. Die Stadt redete monatelang dar-über."

"Wahrhaftig. Das haben wir alle."

"Darf ich Ihnen einen Drink anbieten? Scotch? Brandy?"

"Was immer Sie wünschen, Sir Bryce."

Der Diener machte sich mit einer Handbewegung an die Arbeit und tauchte mit einem Tablett und zwei Gläsern darin sowie einer Flasche des goldbraunen Likörs wieder auf, die prekär auf dem Unterarm des Butlers balancierte. Er stellte das Tablett ab, drehte die Gläser um und bot an, einzugießen. Allen winkte ihn ab und bestand darauf, es selbst zu tun.

"Ich glaube, das wurde vor über sechzehn Jahren destilliert." Er nahm einen Schluck aus seinem eigenen Glas, nickte zustimmend und fuhr fort, es in beide Becher zu einer angemessenen Menge fließen zu lassen. Beide Männer hoben ihre Gläser und tranken fast die Hälfte des Inhalts in einem einzigen Schluck, wobei sie gegen das Brennen ankämpften, das ihre Augen tränen ließ.

"Tadellos."

"Ich stimme zu. Also, was führt Sie in mein Haus? Ich bin sicher, dass ein Mann Ihres Kalibers nicht den ganzen Weg hierhergekommen ist, um einfach nur über Kunst zu reden und einen Drink mit einem alten Mann zu teilen."

"Einem Mann im besten Alter."

"Schmeicheln Sie mir, so viel Sie wollen, Forsyth, aber wir wissen beide, dass wir über Smalltalk hinaus sind."

"Ja. Das sind wir. Ich bin im Namen von Lord Palmerston hier und habe den Auftrag, die Minen unter der Zuständigkeit von Sir Fitzhugh zu überprüfen."

Der ältere Mann erstarrte bei der Erwähnung des Namens. Er ließ sein Glas auf den Tisch knallen und blickte Howard an, als hätte er gerade etwas äußerst Beleidigendes gesagt. "Ich verstehe."

"Ja, ich hatte gehofft, dass ich vielleicht die Dokumente in die Hände bekommen könnte, das Hauptbuch, das Sie hatten, als Sie mit Fitzhugh gearbeitet haben, denn sie sind von höchster Wichtigkeit und würden mir bei meiner Arbeit unermesslich helfen. Und vielleicht könnte ich auch einen Ratschlag bekommen, wie ich mit ihm arbeiten kann, wenn man bedenkt, dass Sie das in der Vergangenheit schon oft gemacht haben."

Bryce hob Daumen und Zeigefinger an seinen Nasenrücken und rieb ihn leicht, als würde ihm durch das, was Howard gesagt hatte, schwindelig werden. Als er seine Hand wieder zur Seite legte, stieß er sein Glas um, sodass es auf den polierten

Holzboden fiel und in Scherben zerbrach. Er murmelte leise vor sich hin, während der Butler sich an die Arbeit machte, noch bevor er gerufen werden musste und den Vorfall verschwinden ließ. Howard bemerkte, dass der ältere Mann wartete und sich nervös umsah, als würde der ganze Raum ihr Gespräch mithören.

"Forsyth." Er sprach in gedämpftem Ton, sobald der Diener gegangen war, um das Glas zu entsorgen, und zwar so nah an ihm, dass er den Alkohol in seinem Atem riechen und die Krähenfüße sehen konnte, die sich in seine Augenwinkel geätzt hatten. Er konnte die Falten und Runzeln sehen, die sich über seine Haut zogen und tanzten. "Ihr Vater war ein kluger Mann, ich bin sicher, er hat auch einen klugen Jungen großgezogen. Sie wollen das nicht tun."

"Ich bin mir sicher, dass ich nicht weiß, was Sie meinen ..."

"Sicher, Sie sind kein Narr. Auch wenn Sie nie mit dem Mann zu tun hatten, müssen Sie eine Vorstellung davon haben, wie gefährlich Fitzhugh ist. Mir fällt kein Mann in Greene County ein, der das nicht weiß. Sie wollen das Hauptbuch? Sie können es haben. Ich trenne mich gern davon, dann ist es vorbei mit Fitz und seinen Geschäften. Ich hatte genug mit ihnen zu tun, aber Sie sollten es besser wissen. Fitzhugh ist kein Mann, den man auf die leichte Schulter nehmen kann. Man stellt sich ihm nicht in den Weg und hat es leicht. Er bekommt, was er will, und dagegen ist nichts zu machen."

"Ich habe keine Angst vor Fitzhugh."

"Dann habe ich mich vorhin vielleicht falsch ausgedrückt und Sie sind doch ein Narr." Bryce wandte sich seinem Tisch zu, fummelte an einem Schlüssel der untersten Schublade und holte ein dickes Hauptbuch hervor, etwa zweihundert Seiten dick. "Ich würde Sie bitten, noch einmal darüber nachzudenken, aber wenn Sie tatsächlich wissen, wozu er fähig ist, und Sie sich trotzdem einmischen wollen, dann gibt es vielleicht keine Rettung für Sie." Er betrachtete das Buch ein letztes Mal und übergab es seinem Gast: "Seien Sie vorsichtig, Forsyth. Fitz ist kein Mann, mit dem man spielen sollte. Wenn es Ihnen nichts ausmacht, müssen Sie jetzt mein Haus verlassen."

KAPITEL 5: ENTDECKUNG & PLAN

Edmund saß bei einem Kerzenständer auf einem Stuhl im Hauptraum und hatte seine nicht angezündete Zigarre zwischen den Lippen, während er eine Zeitung in den Händen hielt und sie mit ernstem Blick anstarrte. Die Zeitungen kamen wöchentlich von der großen Druckerei und dem Nachrichtenhaus oben in der Grafschaft in die Stadt, und er hatte es sich zur Gewohnheit gemacht, sie zu lesen, wann immer sie eintrafen. Es war - wie alles andere, was der Mann in letzter Zeit tat - ein Versuch, sich als Mann von einer Klasse zu erkennen zu geben, die geeignet war, mit den Lords an Tischen zu sitzen. Dort, wo sie Angelegenheiten von intellektueller und sozialer Bedeutung diskutierten. Er las die Nachrichten, um sich auf dem Laufenden zu halten, und so schien er immer auf dem neuesten Stand zu sein, wenn er sprach oder sich in ein Gespräch einbrachte. Er nahm sich auch Zeit für die Worte, um die Teile seines Wortschatzes zu verbessern, die ihm vielleicht noch fehlten, und es hatte bisher ganz gut für ihn funktioniert.

Er saß und studierte das Papier, hielt alle paar Minuten zwischen den Lektüren inne, um einen

Schluck von dem Scotch in dem Glas auf dem Schemel neben ihm zu nehmen. Dies bedeutete, dass er jedes Mal die nicht angezündete Tabakrolle aus dem Mund nehmen musste, während er mit einer Hand arbeitete. Er setzte den Prozess fort, bis er hörte, wie sich die Haustür öffnete und Adeline mit ihrer Tasche quer über dem Körper hereinkam. Er richtete seinen Blick auf sie, und ihre Augen trafen sich, wo sie einen Moment lang stehen blieben. Dann nickte sie Edmund knapp zu, bevor sie in Richtung Küche ging.

Sie ging weg, und er sah ihr nach, bis sie in der Kammer verschwand. Er erinnerte sich daran, wie er sich um sie bemüht hatte, damit sie eine der Hilfen wurde, die er für Howard Forsyth bekam. Er hatte nach der Allerbesten gefragt, und Madam Saleh hatte ein Loblied auf Adeline gesungen, wie er noch nie jemanden ein Loblied auf eine Gehilfin hatte singen hören. So hatte er zugestimmt, dass sie die junge Dame anstellen würden, mit der einzigen Bedingung, dass sie mit nicht weniger Respekt behandelt werden würde, als sie einen anderen Menschen behandeln würden. Adeline hatte bisher noch nie bezüglich der Dinge versagt, für die ihr vorheriger Herr sie gelobt hatte. Nun aber jetzt machte er sich heimlich Sorgen über die andere Sache, in die sie hineingeraten war und die die Wände des Hauses nicht verlassen durfte. Die junge Dame war hübsch und zweifellos eine Augenweide. Ihre Herkunft und ihr Stand mochten für die Gesellschaft irrelevant sein, aber was ihr an Status, Reichtum und Qualität der Bekanntschaften fehlte, machte sie mit ihrem Aussehen und ihrer Geschicklichkeit in und außerhalb der Küche wieder wett. Aber die Dinge, die er über sie wusste, die Dinge, die viele andere über sie wussten, würden sie leider nicht vor dem Zorn der Königin und ihres Rates bewahren können, wenn jemals ein Wort die Mauern des Hauses über die andere Sache verließe. Die Zeit, die sie mit ihrem Herrn nach Feierabend verbrachte, die Art, wie sie ihn ansah und er sie. Edmund fürchtete mehr als alles andere, welchen Ärger das Spiel, das die beiden spielten, über das Haus und Howard bringen würde. Was würde aus ihm selbst und den Beziehungen werden, die er so hart aufzubauen versucht hatte? Er sorgte sich sehr um seine Anwesenheit inmitten der Elite. Es war unbestreitbar, dass er seinen Aufstieg in den letzten Jahren seiner Beziehung zu Howard verdankte, die dem Mann wiederum seine Loyalität eingebracht hatte. Edmund Hill war daher gefangen darin, alles zu tun, was er konnte, um sicherzustellen, dass das Wissen um die verbotene Romanze niemals über sie drei hinausgehen würde.

Adeline verschwendete keine Zeit, bevor sie sich an ihre Aufgaben in der Küche machte und den anderen Helfern bei den Vorbereitungen für den nächsten Morgen assistierte. Obwohl sie es niemals öffentlich gestehen würde, kämpfte sie tief in ihrem Inneren immer noch, und ihre Lebensgeschichte diesem Kind zu erzählen, hatte nur noch mehr Erinnerungen und Gefühle ausgegraben, die sie zu überwinden versucht hatte. Es gab Nächte, in denen sie von der anhaltenden Angst und dem Schrecken, der dem Ableben ihrer Mutter folgte, ruckartig aufwachte. Sie hasste es immer noch, in der Kälte zu schlafen, und der Geruch von Schweinefleisch beunruhigte sie immer noch. Sie hatte wütend auf die Leute sein wollen, die ihre Mutter so weit weg begraben hatten, aber dann war sie älter geworden und begann, ihre Ängste als die Realität zu sehen, die sie waren. Der Anblick des kranken Körpers ihrer Mutter, der auf dem Bett in ihrem Haus lag, war immer noch in ihrem Hinterkopf eingebrannt. Sie konnte das Bild nicht loslassen; sie wusste nicht, ob sie es wirklich wollte, es war das letzte Mal, dass sie sie gesehen hatte, und sie fürchtete, wenn sie sich vergessen ließ, würde sie sich nicht mehr erinnern, wie ihre Mutter ausgesehen hatte.

In den südlichen Kolonien aufzuwachsen war an sich schon eine Herausforderung. Gar als Waisenkind ohne Familie zu überleben, war ein Kunststück, das nicht viele Menschen vollbracht hatten, aber sie hatte es geschafft, und sie hatte damit leben können – gerade so. Bevor sie sich auf den Weg gemacht hatte, um Madam Saleh zu finden, hatte sie beobachtet, wie Thomas, das größte Kind ihrer unangepassten Dreierbande, von den Soldaten der Königin für Rekrutierungen abgeholt wurde. Abgeholt für Rekrutierungen, die wahrscheinlich nichts mit der Armee zu tun hatten. Thomas war seit fast acht Monaten siebzehn, aber sie hatten jedem, der sich die Mühe machte zu fragen, immer wieder erzählt, dass er noch sechzehn sei. Die Soldaten durften erst siebzehnjährigen Jungen, die bereits Männer waren, in die Südkolonien verschleppen, um sie in den Dienst der Königin zu stellen.

Es gab Gerüchte darüber, was mit den Jungen geschah und was sie in Begleitung der Armee tun mussten, aber niemand in den südlichen Kolonien wusste es mit Sicherheit, da keiner der Jungen, die auf diese Weise entführt worden waren, jemals zurückkam, um die Geschichte zu erzählen. Nun, wenn Familien Söhne in der Nähe des besagten Alters hatten, schickten sie sie mit ihren Vätern und anderen Männern für Jahre weit weg, damit sie lernen konnten, mit ihren Händen zu arbeiten, sicher zu sein und eines Tages nach Hause zu kommen, wenn die Soldaten sie nicht mehr ohne zu fragen nehmen konnten.

Sie mochte nicht wissen, was mit Thomas geschah, nachdem er entführt worden war, aber sie wusste, was aus der einzigen anderen Beziehung wurde, die sie damals hatte, denn sie wurde im Namen der Königin wieder auseinandergenommen.

Madam Saleh hatte versprochen, ihr alles beizubringen, was sie über die Pflege eines Hauses wissen musste, und die Frau hielt ihr Wort. Adeline konnte ein ganzes Haus vom Anfang bis zum Ende verwalten, bevor sie ins Schwitzen geriet. Sie konnte Mahlzeiten zubereiten, bei denen sich Lords und Ladies die Lippen leckten und nach mehr verlangten. Sie hatte von den Allerbesten gelernt, und das zahlte sich aus, wo sie sich jetzt befand.

Als Edmund erwähnte, dass sie Howard Forsyth dienen würde, hatte sie ihren Geist offengehalten und ihre Gedanken eingefroren bei der Vorstellung, endlich eine Hilfe für einen Mann von einigem Rang zu sein; sie hatte Geschichten von anderen Hilfen gehört, die von ihren Diensten bei verschiedenen Lords, Herrinnen und Meistern zurückgekehrt waren, und sie waren kaum jemals solche, die das Herz erwärmten oder Vertrauen brachten. Deshalb wusste sie auch nicht, was sie von Howard halten sollte, als sie ihn endlich persönlich kennenlernte. Doch dann stellte sie fest, dass er ein ganz anderes Herz in der Brust trug als alle anderen, von denen sie gehört hatte.

Sie hatte immer ihre Pflichten im Haus ohne Vorwürfe erfüllt. Dennoch, selbst wenn sie dachte, dass er vielleicht etwas Falsches in der Art, wie sie etwas tat, finden könnte, hielt er sich zurück. Und sie fand sich selbst mit allen möglichen Gefühlen für ihren Herrn erfüllt, während sie sich mit jedem Tag in seiner Nähe wohler fühlte. Schon bald bemerkte sie, dass der Mann ihr Blicke zuwarf, wenn er dachte, dass niemand hinsah. Zuerst hatte sie es für unpassend gehalten, da sie sich an die Geschichten erinnerte, die einige Gehilfen bei Madam Saleh erzählt hatten. Aber Howard Forsyth war ein feiner, feiner Mann und ein Gentleman, wie sie ihn noch nie erlebt hatte. Also beobachtete sie seine Blicke weiter, wobei sie oft bewusst seinen Blicken auswich, bis sie soweit war, ihm verstehen geben zu können, dass sie seine verstohlenen Blicke aufgefangen hatte.

Jetzt trug Adeline einen Stapel Handtücher hinauf zum Zimmer ihres Herrn, begierig darauf, dass er sie in die Arme nahm und ihr Wärme schenkte, auch wenn es nur für die Nacht sein würde. Sie schritt behutsam zur Tür, in der Hoffnung, den Schrecken des sterbenden Gesichts ihrer Mutter und das Unheil, das immer den Gedanken an die Königin und ihre Herrschaft begleitete, hinter sich zu lassen. Sie fühlte es schwer in ihrem Herzen, den Gedanken, dass der Name wieder auf ihr Leben einschlagen und ihr etwas wegnehmen könnte, was ihr wichtig war und was sie liebte. Aber sie sagte nichts, als sie sanft an Howards Tür klopfte und sich selbst hereinließ.

***

Nicholas Forsyth war ein Arzt gewesen, der sein Handwerk verstanden hatte, und noch besser, er war ein Mann gewesen, der es verstand, mit Menschen zu reden, wenn die Situation aussichtslos schien. Es war eine unbestreitbar lebenswichtige Fähigkeit für einen Mann seines Berufsstandes. Dies brachte ihm nicht nur den Respekt der Menschen ein, die er behandelte, sondern oft auch materielle Formen der Anerkennung von ihnen und ihren Bekannten. So wie der große Mahagoni-Schreibtisch, der allen anderen Dingen in seinem Arbeitszimmer das Rampenlicht stahl. Im Arbeitszimmer, wo er genau in der Mitte stand, wobei das Licht des Kronleuchters, der im Zimmer hing, und die Lampe auf dem Schreibtisch ihr Bestes taten, um Reflexionen auf die polierten Möbel zu werfen und seinen Schatten als dicke Präsenz dort zu hinterlassen, wo sie mit ihrem Licht nicht hinkommen konnten.

Lord Birminghams neue Frau Jolene lag seit über zwölf Stunden in den Wehen und zeigte noch keine Anzeichen, das Baby in ihrem Bauch herauszulassen. Die Hebammen hatten alles für die Frau getan, was sie konnten. Dennoch änderte sich nichts, so dass der verunsicherte Lord Howards Vater benachrichtigte. Nicolas Forsyth traf so schnell wie möglich ein, untersuchte die Frau und stellte fest, dass das Kind so schnell wie möglich herausgenommen werden musste, sonst würden es und die Mutter das Licht des kommenden Tages nicht mehr sehen. Lord Birmingham war bei diesen Worten fast zusammengebrochen, denn der Mann hatte erst vor weniger als einem Jahr seine erste Frau verloren. Aber Nicholas Forsyth war ein begnadeter Arzt, er hatte schon eine Handvoll Mal den Kaiserschnitt durchgeführt und nur einmal eine Patientin verloren, die eine seltene Komplikation entwickelt hatte.

Also sprach er mit Birmingham wie ein Mann, und ein ausgebildeter Arzt, der er war, und brachte ihn schnell zur Vernunft.

Der Eingriff dauerte über drei Stunden, aber der Arzt kam mit dem quicklebendigen Neugeborenen in den Händen heraus und die Mutter überlebte. Lord Birmingham sollte mehr als dankbar sein.

Sein Vater hatte einen kleineren Mahagonischreibtisch in seinem Arbeitszimmer gehabt, und er ließ ihn ins Hauptschlafzimmer umziehen, um Platz für Lord Birminghams exquisites Geschenk zu schaffen. Jetzt saß Howard an diesem Schreibtisch, das Hemd gelockert, so dass die kleine Ansammlung von Haaren auf seiner Brust zum Vorschein kam, während er die Dokumente vor ihm durch das schummrige Licht aufmerksam musterte und sich fragte, ob Bryce Allen ihm vielleicht zufällig die falschen Papiere ausgehändigt hatte.

Er nahm eines der Dokumente in die Hand, welche das Hauptbuch enthielt, das ihm der ehemalige Buchhalter der Minen gegeben hatte. Er betrachtete die Details darauf genauer, wobei er sich zur Lampe zu seiner Rechten lehnte, weil er das Gefühl hatte, dass der Stress des ereignisreichen Tages in den Minen und seines ungeplanten Abstechers ihm vielleicht zu Kopf gestiegen war. Aber das war es nicht, der Revisor hatte eine perfekte Sicht und was er sah, konnte einfach nicht stimmen. Er hielt das Dokument in der Hand, während sein Verstand an den Möglichkeiten arbeitete, gerade als ein Klopfen an der Tür ertönte und ihn von seiner Entdeckung ablenkte.

"Ja, bitte."

Adeline öffnete sanft die Tür und lächelte bei dem Wissen um seine Einsamkeit im Zimmer. "Ich war oben in Euren Gemächern, Meister. Ich habe Sie dort nicht gefunden."

"Ich war hier, seit ich zurückgekommen bin. Es tut mir leid für die Unannehmlichkeiten. Ich habe nur gerade etwas Dringendes zu tun, und ich entdecke gerade, dass es vielleicht wirklich schlimmer ist, als ich bisher vermutet habe." Howard blickte wieder auf den mit Papieren übersäten Schreibtisch und das aufgeschlagene Hauptbuch hinunter und konnte im schwachen Licht der Kerzen über ihm und der Öllampe neben ihm kaum den Blick seiner Begleitung ausmachen.

Adeline konnte die Enttäuschung, die sie in diesem Moment empfand, nicht leugnen. Sie hatte sich auf die Suche nach ihm gemacht und gehofft, dass sie sich, wenn sie ihn gefunden hatte, einfach in seine Arme fallen lassen und sich von ihm so lange wie möglich halten lassen könne, bevor sich ihre Körper noch mehr erspüren würden. Die Erinnerungen, die sie vorhin ausgegraben hatte, waren kurz davor, ihr die Laune zu verderben, und sie kannte niemanden besser als den Mann vor ihr, der sie wieder zum Leben erwecken konnte. Aber der Howard, in dessen Gegenwart sie sich jetzt befand, war der Mann, der eine ganz eigentümliche Besessenheit für Fakten und Antworten an den Tag legte. Der, dem sie schon oft in seinem Arbeitszimmer begegnet war und sich fragte, wie jemand so in etwas vertieft sein konnte, wie er es oft war, wenn er stundenlang auf die Papiere starrte, auf denen reihenweise Zahlen geschrieben standen, und sich dabei völlig darin verlor und oft taub und blind für den Rest der Welt war. Und leider war auch sie nicht immun gegen die Mauer, die er in solchen Momenten um sich hatte.

Sie hatte wirklich gehofft, dass er es nicht sein würde, denn sie brauchte den Howard, der ihr an diesem Morgen noch vor Sonnenaufgang seine Zuneigung zu ihr ins Ohr geflüstert hatte, aber stattdessen fand sie ihren Herrn in seinem Arbeitszimmer. Der ließ ihren Blick - um den er sich nicht bemühte - abschweifen, als sie sich nach dem Moment des Schweigens wieder ankündigte.

"Wie ich sehe, sind Sie beschäftigt, Master For-syth, ich wollte mich erkundigen, ob Sie vielleicht noch etwas brauchen, bevor ich mich für die Nacht zurückziehe", sagte sie und hielt die Enttäuschung in ihren Augen von ihm fern.

Howard riss seinen eigenen Blick sofort von den Papieren in seiner Hand los, bei der ungewöhnli-chen Höflichkeit, die sie seinem Namen hinzufügte. Er legte die Papiere auf den Schreibtisch, stand auf und ging auf die andere Seite hinüber, um seine Ge-liebt zu begrüßen.

"Nun, Miss Adeline. Wenn ich etwas getan habe, woran Sie Anstoß nehmen, bitte ich zutiefst um Ent-schuldigung", sagte er, während er ihre Arme, die sie vor sich verschränkt hatte, in die seinen nahm und sie näher an sich heranzog, so dass ihr Busen an seiner aufgeknöpften Brust anlag und ihre Ge-sichter nur Zentimeter voneinander entfernt waren.

Sie sah zu ihm auf und konnte sich des Lächelns nicht erwehren, das sich ihres Gesichts bemächtigte und ihre frühere Blässe mit einem im Kerzenlicht unsichtbaren Rosaton verflachte, der sich über ihre Wangen legte. "Sie brauchen sich für nichts zu ent-schuldigen, Meister Howard, ich bin lediglich hier, um meine Dienste anzubieten."

"Und das ist Ihr gutes Recht, und dennoch entschuldige ich mich dafür, dass ich mich zu sehr habe hinreißen lassen, auch wenn die Angelegenheit von beunruhigender Wichtigkeit ist, sollte sie niemals Vorrang vor Ihnen haben, meine Liebe."

Sie lächelte breit, ein Anblick, der Howard immer wieder verblüffte. "Ich denke, ich sollte dich nicht stören, während du arbeitest."

"Unsinn, deine Gesellschaft kann niemals lästig sein. Außerdem brauche ich in dieser Angelegenheit eine zweite Meinung. Sieh, ich bin die Details aus dem Hauptbuch durchgegangen, das ich von Bryce Allen bekommen habe, dem Buchhalter, der früher im Rathaus gearbeitet hat. Er hat auch mit Sir Fitzhugh früher in den Minen gearbeitet. Ich habe einen Blick auf die Dokumente geworfen, die ich in den wenigen Tagen, in denen ich mit dem Kerl gearbeitet habe, zusammengestellt habe, und einige Dinge passen einfach nicht zusammen. In der knappen Stunde, die ich damit verbracht habe, habe ich mysteriöse Zahlen entdeckt, die ständig ohne besondere Details protokolliert wurden, ich habe entdeckt, dass es diese Unstimmigkeiten in der Menge des exportierten unraffinierten Materials gibt. Die von den Minen eingetragene Menge nimmt auf dem Weg zur Schmiede plötzlich einen Einbruch, und die Lieferung wird nie hinterfragt. Es verschwindet einfach, ohne irgendeine Art von Dokumentation."

"Und wo ist es hin?"

"Ich weiß es nicht. Aber nachdem ich das mit den Berichten verglichen habe, die Bryce so ungern mit mir geteilt hat, ist es offensichtlich, dass die Dinge nicht so sind, wie sie scheinen, und das geht möglicherweise schon seit längerer Zeit so. Ich muss diese Erkenntnisse Lord Palmerston zukommen lassen, aber ich weiß nicht, wie ich ihn dazu bringen soll."

"Was ist, wenn Fitzhugh erfährt, dass Sie diese Dinge in seinen Angelegenheiten entdeckt haben, und er Wind davon bekommt, dass Sie vorhaben, ihn zu verraten?"

"Ich kann nur vermuten, dass es nicht schön werden wird. Wenn ich es tatsächlich schaffe, selbst einen Brief an Palmerston aufzusetzen, würde Fitzhugh es höchstwahrscheinlich herausfinden, bevor der Brief den Ranzen des Boten erreicht, und ich wäre vielleicht nicht mehr hier, wenn Palmerston zurückkommt. Meine beste Chance ist es, die diskreteste Art und Weise zu finden, um meine Gedanken direkt und persönlich an den Lord selbst zu übermitteln."

"Und welcher beste Weg fällt Ihnen ein, der nicht voraussetzt, dass Sie zum Herrn persönlich reisen?"

"Im Moment leider keinen. Aber vielleicht gibt es einen Weg, mehr über die Operationen herauszufinden, direkt vor Fitzhughs Nase. Denn es ist sogar seine eigene Idee; er hat mich gebeten, bei einem der Züge zu helfen. Vielleicht könnte ich, wenn ich mich ihm anschließe, in der Lage sein zu sagen, wohin all die fehlenden Materialien gehen."

"Und wenn ich dabei helfen könnte, ihn zu erreichen?"

"Fitzhugh?"

"Nein. Lord Palmerston."

"Und wie genau würdest du das bewerkstelligen? So sehr es auch wütend macht, wir beide wissen, dass sich niemand die Mühe machen würde, einen Brief für dich abzuschicken, geschweige denn einen an Palmerston. So sind die Dinge nun einmal, ungerecht."

Adeline nahm keinen Anstoß an seinen Worten. Sie wusste, dass er Recht hatte und dass es ihm nicht darum ging, dass er sie an ihren Platz erinnerte. Sie wusste, dass Howard kein solcher war, sie wusste, dass er einfach keine Ahnung davon hatte, wie sie es wirklich schaffen konnte. Und sie lächelte über seine unschuldige Ignoranz; der Mann wusste noch nicht einmal die Hälfte von dem, was die echte Adeline ausmachte. "Sir Dayton ist einer der Ratsherren der Grafschaft und der Berater der Königin. Ich hüte seinen Letztgeborenen, Tom, viele Tage und jeden Abend, ich habe einen gewissen, wenn auch eingeschränkten Zugang zu seinem Haushalt. Ich könnte einen Weg finden, es so aussehen zu lassen, als wäre er derjenige, der Lord Palmerston die Information sendet."

Howards Augen weiteten sich vor Überraschung.

"Wie wäre es, wenn du dir einfach die Mühe machst, den Brief von Sir Daytons Adresse zu schreiben und ihn mir dann gibst? Ich werde den Brief dann in seiner Post unterbringen. Was planst du in der Zwischenzeit?" Fragte sie mit einem noch halb verborgenen Lächeln im Gesicht.

"Dafür sorgen, dass morgen nichts verloren geht. Und falls doch, werde ich die Information an Palmerston weitergeben, wenn er eintrifft. Bist du absolut sicher, dass du das schaffen kannst, Adeline? Ich möchte dich nicht mit einer Aufgabe belasten, die so..."

"Howard."

"Ich weiß, ich weiß, aber wenn dir etwas zustoßen würde. Das würde ich nicht ertragen, das könnte ich mir nie verzeihen."

"Das solltest du aber. Ich würde es zum Teil für den Mann tun, den ich liebe ..." Adeline stockte der Atem, als ihr klar wurde, dass sie das Wort noch nie laut ausgesprochen hatte, so unglaublich fremd klang es für sie. "... ich tue es aber auch, weil das, was ich tue, vielleicht eines Tages die Art und Weise verändern wird, wie Frauen und solche aus der untersten Schicht wahrgenommen werden, und uns die gleichen Rechte und Freiheiten zugestanden werden wie normalen Menschen, wenn nicht sogar wie allen anderen."

Howard starrte sie an; sein Mund stand leicht offen. Sie kicherte über seinen Gesichtsausdruck, bevor sie sich von ihm wegdrückte.

"Vielleicht solltest du Königin werden."

Adeline lachte, wobei sie sich mit der Hand schnell den Mund zuhielt, denn es war ein bisschen zu hoch gegriffen, und es war Nacht. "Vielleicht sollte ich das."

"Und ich würde alles geben, was ich habe, einschließlich meines Lebens, nur um diesen Tag zu erleben."

Adelines Lächeln wurde plötzlich schwerer auf ihrem Gesicht, während ihr Herz bei den Worten, dass er sein Leben für sie verloren hätte, pochte und sie ein plötzliches Déjà-vu verspürte; die Geschichte ihrer Mutter. Und es traf sie in der Magengrube, etwas, das Howard noch nicht kannte. Und sein unklares Gesicht unter dem schwachen Licht beunruhigte sie plötzlich ohne Grund. Sie hätte sich in diesem Moment so sehr gewünscht, in seinen Armen zu liegen, aber sie wusste trotzdem, dass Howard, der Wirtschaftsprüfer, die Nacht für sich brauchte.

"Das weiß ich, Howard, und ich hoffe, dass du das nie musst."

Diesmal war er derjenige, der lächelte: "Ich werde den Brief bis morgen früh fertig haben, bevor sie kommen, um mich abzuholen. Bitte pass gut auf dich auf, Adeline."

"Das werde ich, Howard. Gute Nacht."

Er sah zu, wie sie ging, und ein kleiner Teil seines Herzens wurde kalt. Howard liebte sie, und er wusste es, mit jedem Tag, der verging, wurde er in dieser Tatsache erneut bestärkt. Er hasste es, sich von ihr trennen zu müssen oder sie für längere Zeit nicht erreichen zu können. Der Gedanke, nach Hause zu kommen und sie zu sehen, brachte eine Wärme in seinen Körper, die nichts anderes bringen konnte. Er bewunderte ihre Entschlossenheit und ihren Tatendrang, den Status quo zu verändern, etwas, das er auch tun wollte, hauptsächlich, weil er mit ihr zusammen sein wollte.

Das war sein Antrieb. Das war der Grund, warum er die ganze Nacht die Kerzen brennen ließ, die Belege aus den Dokumenten im Hauptbuch zusammenzählte und eine chronologische Liste der Fehlbeträge erstellte. Er fand Lohnabrechnungen, die ständig nicht mit den registrierten Arbeitern in den Minen übereinstimmten. Obwohl das vielleicht mit der Ungewissheit der Ereignisse zusammenhing, die er aus erster Hand miterlebt hatte, waren die Diskrepanzen immer noch zu gross. Aber seine wichtigste Entdeckung waren die Antragspapiere, die mit einer ganzen Ladung Stahl gefälscht worden waren. Howard konnte nicht umhin, sich zu fragen, welche Verwendung Fitzhugh dafür gefunden hatte. Vielleicht verkaufte er ihn auf dem Schwarzmarkt oder an feindliche Truppen? Was auch immer es war, die Königin würde seinen Kopf haben wollen.

KAPITEL 6: DIE ZUGFAHRT

Nachdem er bis spät in die Nacht und in den frühen Morgenstunden des nächsten Tages seine Erkenntnisse gesammelt hatte, schrieb er den Brief für Palmerston, mit welchem er ihn zum jährlichen Ball der Daytons und zur Hochzeit seiner Nichte Parthenia einlud.

Howard versuchte, sich ein paar Minuten Ruhe zu gönnen, aber die Morgendämmerung würde kommen, bevor sein Körper eine gebührende Ruhe fände. Und bevor seine Augen die Art von Schlaf finden konnten, die die Arbeit der letzten Stunden vergessen ließ, würden Archie und sein Wagen wahrscheinlich schon vor dem Haus warten.

Er frühstückte schnell, denn es war bereits von Adeline vorbereitet, als er erwachte. Niemand sonst schien um diese Zeit wach zu sein. Sie alleine klapperten in dem großen Haus herum, nur sie zwei, und es gab Howard ein Gefühl dafür, wie es sein würde, unbehelligt mit der Frau seines Herzens zu leben. Er würde alles tun, um diesen Traum wahr werden zu lassen, und das hatte er auch vor.

Archie nahm ihn mit in die Mine, ohne auch nur ein Wort zu sagen. Die Luft zwischen ihnen schien vor Spannung zu ersticken, etwas, das Howard nach Kräften zu vermeiden suchte. Er war heute ohne Edmund in seinem Büro in den Minen angekommen. Er hatte sich vorsichtshalber entschieden, ohne ihn zu gehen - weniger Dinge, über die man sich Sorgen machen musste, wenn er nicht da war. Howard wartete bis zum späten Nachmittag, bis die morgendlichen Lieferungen durchgeführt waren. Sobald der Zug zurückkam, machte sich Howard auf die Suche nach Fitzhugh und schlug vor, mit diesem Zug zu reisen.

Fitzhugh nahm ohne zu zögern an und führte ihn zu dem Zug, der mit seiner maximalen Last voll beladen war. Er unterschied sich von den anderen herkömmlichen Güterzügen, da er nur zwei geschlossene Wagen hatte. Einen für die Personen an Bord und den zweiten für den Maschinenraum. Er hatte vier große Kesselwagen, in denen die großen Gussstücke aus teilveredeltem Stahl für den Transport geladen waren. Ein Arbeiter aus dem Bergwerk erklärte Howard die Funktionsweise der Lokomotive, da sie wegen des Einsturzes mit Personal unterbesetzt waren.

***

Er würde der Einzige im Zug sein. Das dampfbetriebene Gefährt lief fast von alleine, denn Howard musste nur die Kohlen regulieren, welche die Maschine aufheizten, und den Dampftank mit Wasser auffüllen, wenn dieser leer war. Das würde er in der Gesamtzeit, die er für die Fahrt von der Mine zu den Docks brauchte, etwa viermal tun müssen. Als ein Mann, der sich nicht daran erinnern konnte, wann er das letzte Mal sein eigenes Bad geschöpft hatte, musste Howard die Ärmel hochkrempeln und das Wasser für den Zug aus dem Bach hertragen, bis er voll beladen war. Er nahm das Dokument für die vorbereitete Ladung und fügte es seinem Hauptbuch hinzu. An Bord des Zuges angekommen, überflog er es und überprüfte die Ladung mit den Zahlen, die auf dem Dokument standen. Es war einfach und geradlinig, und am Ende stellte er fest, dass die gesamte Ladung tatsächlich vollständig war, ohne jeden Anflug von Betrug. Fitzhugh hatte ihn sehen lassen, was er wollte, aber es war alles andere als einfach.

Der Zug fuhr am Rande der Küste entlang, meilenweit von der Stadt entfernt, aber gerade nahe genug am Strand, dass die Gleise hatten sicher verlegt werden können. Howard schätzte es, allein im Zug zu sein, es gab ihm die Möglichkeit, die Schönheit der Landschaft zu genießen. Die Bäume hatten im

Frühling ihr tiefes, leuchtendes Grün entfaltet, und Blumen in voller Blüte färbten die Ebenen und einige Täler, ein Kontrast, den nur wenige bewunderten. Er konnte die Meeresbrise förmlich riechen und genoss den Moment.

Eine Glocke, die den Fahrer benachrichtigte, wenn das Wasser zur Neige ging, gab ein kleines Läuten von sich, ihr zweites seit Beginn der Reise. Er war etwa auf halbem Weg von den Docks und mitten in der Wildnis. Er schnappte sich den Eimer und machte sich an die Arbeit, das Wasser aus dem Reservetank hinter den Waggons am anderen Ende des Zuges zu holen, wo der Stahl gelagert wurde. Als er die Eimer füllte, sah er in einer Ecke einen kleinen Haufen einer schwarzen Substanz aufgehäuft.

Howard stellte den Eimer ab und nahm etwas von der Substanz, von der er vermutete, dass es sich um Kohle handelte, zwischen seine Finger und schnupperte an ihr. Die Substanz schien Schwefel zu sein, ein eigenartiger Geruch, mit dem er vertraut war, da es die Hauptsubstanz war, die in der Pistole verwendet wurde, die er mitgebracht hatte. Er hatte sie gereinigt und mit Kügelchen und einer großzügigen Menge Schießpulver geladen, bevor Archie am Morgen eingetroffen war. Als er das

Schießpulver auf dem Boden sah, blitzten seine Gedanken zurück zum Passagierwaggon, von dem aus er seine Arbeit getan hatte. Er erinnerte sich daran, etwas Ähnliches am Rand des Waggons herum verstreut gesehen zu haben, aber er hatte es ignoriert, während er arbeitete, völlig unwissend, was es war.

Die Erkenntnis traf den Mann wie ein Schlag, so dass er in den Waggon rannte und sich seine Aktentasche schnappte. Während er schnell seine Dokumente zusammenpackte, fiel sein Blick auf das Schießpulver, das den Boden des Waggons säumte und bestätigte, dass der Zug für eine Explosion vorbereitet worden war. Der Revisor verließ den Waggon so schnell er konnte und machte sich auf den Weg in die hinteren Wagen, in denen der Stahl gelagert wurde, und kaum war er dort eingetreten, bemerkte er eine Staubwolke, die sich neben dem Zug bewegte. Als er näher hinsah, sah er, was der Staub hinter sich hergezogen hatte: zwei Steam Cars, die der Lokomotive hinterherfuhren. Er sah, wie einer ihrer Insassen etwas hob, das wie eine Armbrust aussah und einen brennenden Pfeil an der Spitze hatte. Bevor Howard reagieren konnte, verließ der Pfeil den Bogen und landete auf einem der Zugswagen.

Die Explosion erschütterte den Zug, wodurch das Ungetüm von Maschine gefährlich nach links ausschlug und beinahe entgleiste. Der getroffene Waggon war von der Explosion völlig zerstört, nur sein Unterbau war übriggeblieben. Howard stand von dort auf, wo er bei der Explosion gekauert hatte, schwang seine Aktentasche als Schutzschild, nahm einen Container und schob ihn zwischen zwei große Stahlträger. Dann zog er seine einzige Waffe unter seiner Jacke hervor, unsicher, wie er damit allein zurechtkommen sollte. Ein Steam Car befand sich direkt neben ihm, nur durch die Wände des Zuges von ihm getrennt. Er schaute durch den Zwischenraum zwischen den Holzbrettern des Zuges, um sogleich beide Fahrzeuge zu sehen, die neben ihm herfuhren. Es waren fünf Männer, drei von ihnen bewaffnet. Einer von ihnen war mit einem Gerät bekleidet, das ihm unglaublich fremd vorkam.

Howard beobachtete mit Schrecken, wie der Mann im Dampfwagen aufsprang und seine Arme ausbreitete. Er schaute verblüfft, wie sich leichte Stahlträger entlang der Arme des Mannes ausbreiteten, zusammen mit einem Stück Seidenstoff, das darunter herunterhing. Aus der Vorrichtung kam ein leichtes Brummen, das Howard als Dampfmaschine erkannte. Irgendwie war es ihnen gelungen, eine solche in etwas so Kleines wie einen Rucksack zu miniaturisieren. Es ermöglichte dem Mann, durch die Luft zu schweben und den Zug schnell zu erreichen. Howard wusste, dass es sein Ende bedeuten würde, wenn sie ihn zuerst finden würden. Er nahm allen Mut zusammen, den er aufbringen konnte, und stürmte mit vorgehaltener Pistole los. Der Revisor hatte immer nur auf Kleinwild geschossen, damals, als er mit seinem Vater auf die Jagd ging; er war nie mit einem anderen Mann so zerstritten gewesen, dass er in die Lage gekommen wäre, eine Waffe auf ihn zu richten, geschweige denn zu schießen. Aber jetzt, wo er es mit Feinden zu tun hatte, die an den Fingern seiner Hand abzählbar waren und die nicht darauf erpicht zu sein schienen, ihre Differenzen auszudiskutieren, wusste er, dass er nur eine Handvoll Schüsse zur Verfügung hatte. – Und wenn er nicht jeden einzelnen von ihnen nutzte, würde er sehr schnell Geschichte sein.

Der erste Steam Car holte noch weiter auf, und der Mann auf der Beifahrerseite sprang ab und hielt sich am hinteren Wagen fest. Howard legte den Kopf zur Seite, spähte zu dem Mann, bevor er seinen rechten Arm so gut wie möglich ausrichtete, sich an die Hinweise erinnerte, die sein alter Herr ihm gegeben hatte, und schoss. Die Kugel traf den

Mann direkt unter seinem erhobenen Arm, wodurch er den Halt verlor und aus dem Zug fiel. Sein Kopf prallte auf dem Metall der Schienen auf, bevor sein Körper zum Stillstand kam. Schüsse hallten vom Wagen ab, als die anderen Männer zurückschossen, ihre Kugeln trafen Howards Deckung, die Holzwand des Wagens, und prallten ab. Eine Kugel jedoch traf das Holz genau genug, um es zu zersplittern und ihre Splitter in Howards unbedeckten Unterarm zu schicken.

Er fluchte und griff nach den frischen Rissen auf seiner Haut, wobei sich die umliegenden Stellen schnell blassrosa färbten. Schnell zog er sich weiter in den Wagen zurück, außer Sichtweite der Männer in den Steam Cars. Im Inneren des Wagens verließ seine Aufmerksamkeit seinen zerschundenen Arm, als er ein Klopfen auf dem Dach des Wagens hörte und der Mann in dem fliegenden Apparat von seiner Maschine Gebrauch machte. Howard erstarrte und lauschte auf die Schritte des Mannes, nur um dann den ohrenbetäubenden Klang einer Donnerbüchse zu hören. Die Kanone wurde vom Dach aus nach innen abgefeuert, wodurch eine große Lücke entstand, und die Kugeln schlugen neben Howard auf dem Boden ein.

Howard drehte sich auf den Fußballen und rannte nach vorne, zurück in den Waggon, der auseinandergesprengt worden war. Er spähte über die verbrannte Türöffnung hinaus, nur um den Stiefel des Mannes zu sehen. Er traf ihn im Gesicht und warf Howard zu Boden. Howard sah verschwommen, wie der Mann schnell versuchte, die Waffe nachzuladen. Unwillig, herauszufinden, was das bedeuten würde, feuerte Howard seine Pistole auf ihn ab, verfehlte mit dem Schuss das Ziel, war aber damit nahe genug, um den Mann vorsichtig zu machen. Er zog sich zurück und schwang die Waffe, während er die Kugeln in den Lauf schob und sie nach unten drückte.

Dem Prüfer kam eine Idee, während er den Mann auf dem Dach beobachtete. Er rannte in Richtung des Maschinenraums, wo der Wassertank ausgetrocknet war. Sobald die Kompressionskammern ihren Dampf verloren, würde der Motor absterben. Howard wusste das, aber er kam wegen etwas Anderem. Als der Mann mit den dampfbetriebenen Flügeln seine Waffe auf Howard richtete und darauf wartete, dass er stillhielt, damit er den Prüfer ins Jenseits befördern konnte, spürte er, wie eine plötzliche Kraft ihn nach vorne warf, als sein Ziel an einem großen Stahlhebel zog, der am Boden des Maschinenraums befestigt war. Als Howard eine

Vollbremsung einleitete, fiel der Mann nach vorne, über den Wagen und aus dem Zug auf den Boden daneben.

Es wurde von einem lauten Knall begleitet, als das Flugskelett des Mannes von einem der Wagen gerammt wurde und es zerschmetterte. Der Mann wurde mit dem Gesicht voran in den Dreck geschleudert. Howard zog den Hebel zurück und löste die Bremsen wieder, während die Motoren husteten und stotterten, aber nur knapp beschleunigten. Der zweite Dampfwagen holte auf und die Motoren des Zuges würden bald absterben. Howard eilte zurück zum letzten Wagen, füllte diesmal zwei Eimer und kippte die Ladung des ersten in die Maschine. Er drehte sich um und sah, wie einer der drei Männer vom Dampfwagen auf den letzten Zugwaggon sprang.

Er beobachtete, wie der zweite Mann seinen Sprung zeitlich abpasste und den richtigen Moment abwartete, um seinen Schritt zu machen. Als er sprang, warf Howard den zweiten Eimer Wasser in seine Richtung. Der größte Teil davon verfehlte ihn, und der Eimer wurde vom Wagen beiseite geschleudert, und das Wasser tat wenig, um ihn abzuschrecken. Howard kletterte auf das Dach der Lokomotive, schaute durch das vom vorherigen Angreifer aufgesprengte Loch und gab zwei Schüsse ab, die ihr Ziel trafen und einen der Männer sofort töteten.

Der zweite erwiderte seine Schüsse durch das Dach, wobei die Kugeln Howard nur um Zentimeter verfehlten. Er erwiderte selbst drei Schüsse und feuerte blindlings, in der Hoffnung, ihn zu treffen. Howard hörte den Mann hinter sich weglaufen, also warf er sich flach gegen das Dach, damit sein Feind keinen guten Winkel für den verzweifelten Schuss bekommen würde. Sein Angreifer sprang in die Luft und feuerte auf das Dach, seine Kugel flog durch die Luft, als Howard nirgendwo in Sicht war. Verwirrt schaute der Mann zur linken Seite des Zuges, um zu sehen, wie sein Kollege im Wagen Gesten zu ihm machte. Als er sich auf die andere Seite drehte, wurde er in den Waggon gezerrt.

Howard drückte dem Mann seine Waffe an den Hals und versuchte, seinen Gegner kampfunfähig zu machen. Der Mann war körperlich stärker als er; er könnte Howard leicht vom Zug schubsen. Er hob seine Pistole, um zu feuern, aber Howard, angespannt mit jeder Zelle seines Körpers, versuchte, die Angst zu ignorieren und alles zu tun, um den Tod zu vermeiden. Er schlug dem Mann die Pistole aus der Hand, ein wenig überrascht, dass er erfolgreich war. Der Mann hob seine Hände an die Seite seines Gesichts, bereit für einen Faustkampf. Howard wusste, dass er gegen einen Mann seiner Größe im Nahkampf nicht bestehen würde. Also schwang er seine nun leere Pistole, am Griff haltend und schlug mit dem Kolben, der aus reinem Stahl war, auf den Kopf des Mannes mit so viel Kraft, wie er bewältigen konnte. Der große Mann ging wie ein Stein zu Boden und war auf der Stelle bewusstlos.

Nur der Mann in der Dampfkarre blieb übrig und fuhr neben ihnen her, während der Zug durch die Landschaft vorwärts tuckerte. Howard zerrte und schleuderte die Leiche des Kameraden seitlich aus dem Zug in seinen Weg, aber er wich schnell aus, da er aus den Fehlern des vorherigen Fahrzeugs gelernt hatte. Er ging hinter den Zug, bereit, jedem weiteren Versuch von Howard auszuweichen. Aber auf eines war er nicht vorbereitet, Howard schnitt die Gurte durch, die die Stahlträger in Position hielten, und schob sie zur Seite, sie schlugen gegen die Holzwände, zerbrachen die Bretter und diese verstreuten sich hinter dem Zug.

Einer der Balken traf den Wagen und spießte seinen Fahrer auf. Howard sah schockiert und erleichtert zugleich zu, wie sich das Wrack hinter ihm verkleinerte, während der Zug unbeeindruckt von den Ereignissen mit der Hälfte seiner Ladung neben den Gleisen liegend weiter zu den Docks raste. Er hob die Pistole auf, die er einem der Männer aus der

Hand geschlagen hatte, und untersuchte sie. Er zählte sechs Patronen in der Pistole. Es waren nicht annähernd genug, um Vertrauen zu erwecken, aber er hatte nicht viel Auswahl, er würde damit auskommen müssen. Er lehnte sich zum ersten Mal seit fast einer halben Stunde mit dem Rücken gegen die Seite des Wagens und stellte fest, dass er fast wirklich sein Leben verloren hatte, und dennoch hatte er irgendwie überlebt. Seine Verletzungen schmerzten, aber er war noch nicht an seinem Ziel angekommen. Er wusste nicht, was er an den Docks vorfinden würde. Er hatte keine Ahnung, was Fitzhugh auch dort für ihn vorbereitet haben würde, aber er hatte nicht vor, anzuhalten. Der Revisor überprüfte seine Aktentasche, um zu sehen, dass sie noch da war. Das Hauptbuch war glücklicherweise während des ganzen Fiaskos unversehrt geblieben. Er drehte sich um und hielt sich einfach fest, während die Dampfmaschine ihn weiter zu seiner nächsten Herausforderung brachte.

***

Sir Dayton und sein Haushalt hielten die Tradition aufrecht, einmal im Jahr Leute von höchstem Rang wie sie selbst zu einem Treffen einzuladen. Es war eine Tradition, die von seiner Mutter begonnen worden war, die mit der Mutter der Königin befreundet gewesen war, als diese noch lebte. Ihre jährliche Veranstaltung war wie Dutzende andere von anderen Familien, die abwechselnd Ihresgleichen aus verschiedenen Teilen der Grafschaft einluden. Sir Archibald Dayton war vielleicht die zweite Autorität unter den Ratsherren der Königin, nur hinter keinem Geringeren als Lord Palmerston selbst, der für Ihre Majestät die Verantwortung für alle Aktivitäten im Stahlbergbau trug. Sir Daytons Meinung wurde vom Rat und der Königin sehr geschätzt, da er das Amt innehatte, das für die Handelsverhandlungen mit anderen Kolonien zuständig war. Offiziell war er der ausländische Botschafter der Grafschaft in Angelegenheiten, die mit dem Handel zu tun hatten. Der Mann, den er zu dem Ball einladen sollte, der mit der Hochzeit seiner Nichte zusammenfallen würde, war ein Freund von ihm.

In Sir Daytons Herrenhaus gab es mehr Räume, als Adeline wahrscheinlich jemals überblicken konnte. Wie sie Howard gesagt hatte, war sie nur eine Aushilfe auf Besuch, deren Anwesenheit immer nur das Wohlbefinden des letzten Kindes des

Haushalts und Erben von Wohlstand und Status seines Vaters betraf. Wo immer sie hintrat, musste es um das Kind, Tom, oder seine Bedürfnisse gehen, wie gering auch immer. Es war ihr nicht erlaubt, ziellos umherzuirren, geschweige denn sich zu verirren oder vor dem Arbeitszimmer des Meisters innezuhalten. Und ihre bloße Anwesenheit darin ohne einen unschlagbaren Grund konnte durchaus ihr Ende bedeuten, und zwar nicht nur als Hilfe für das Kind, sondern als Mensch mit Leben, wie sie war.

Die obere Elite hatte ihre Geheimnisse und Affären, die ihre Kreise nie verließen. Die Lords und Masters führten die gröbsten Geschäfte in ihren Studierzimmern durch, wo sie manchmal Beweise für die Ereignisse hinterlassen konnten. Dies wiederum bedeutete, dass die Gemächer als heilig galten, vielleicht sogar als der wichtigste Raum im ganzen Haus. Und Sir Dayton war kein gewöhnlicher Mann. Er wusste Dinge, von denen nur die engsten Vertrauten der Königin wussten. Adeline würde alles riskieren, um in diesen Raum zu gelangen, das wusste sie. Aber ihr, Samanthas Tochter, die mit Thomas und Oswald befreundet gewesen war, die die wildesten Dinge getan hatten, um zu überleben, als sie Kinder waren, waren Risiken nicht fremd.

Der Butler der Daytons, zwei weitere Hilfskräfte, ein Hauswächter und der Köter namens Lam waren die einzigen, die sich mit Tom und Adeline im Haus aufhielten. Mrs. Dayton war zum Dienstagsbrunch mit ihren Freunden unterwegs, bevor die Wanduhr zum Mittag läutete. Adeline hatte vom Fenster des Kinderzimmers aus beobachtet, wie ihre Kutsche davon trabte, und sich vergewissert, dass die Dame weit in der Ferne verschwunden war, bevor sie sich wieder auf ihre Schritte besann. Sie hatte nur zwei Dinge, über die sie sich Sorgen machen musste; den Butler, der auf Befehl der Mutter jederzeit kommen und nach dem Kind sehen konnte, und den Köter, der kaum zu lange an einem Ort blieb. Auf den Köter Lam hatte sie sich allerdings vorbereitet; sie hatte ein Stück übriggebliebenes Hühnerfleisch von Howards Frühstück mitgebracht, und es war sicher, dass es das laute Haustier zumindest so lange beschäftigen würde, bis sie mit ihrer Mission fertig war.

Also war ihr Hauptproblem eigentlich der ewig wachsame Butler, Julius.

***

Der oberste Diener des Hauses war nicht besonders interessiert, was Adeline oder ihre seltene Anwesenheit im Haus betraf, nicht mehr als die anderen Diener, die in der Nähe waren. Adeline hatte noch nie Anlass gehabt, ihm im Weg zu sein, aber seine Pflichten konnten an diesem Nachmittag sehr wohl der Fluch ihrer Aufgabe sein. Sie wartete eine Weile und studierte die Positionen, die alle anderen bei ihren Aufgaben eingenommen hatten. Die Wache war fast nie im Haus, die anderen Helfer waren in der Küche damit beschäftigt, das Abendessen für Sir Dayton später am Abend vorzubereiten. Aber Julius hatte immer noch keinen bestimmten Posten, er ging fast überall hin, wo es ihm gefiel, er war wie der ureigene Aufseher des Hauses, der in Abwesenheit der Besitzer ein Auge auf die Gehilfen hatte.

Adeline überredete Tom zu einem Spaziergang hinunter in den Garten, und der Junge willigte ein, unter der Bedingung, dass sie ihm noch eine ihrer Geschichten erzählte, wenn sie ihn zu Bett bringen würde. Sie konnte es sich vielleicht nicht eingestehen, aber ein Teil von ihr spürte langsam die Verbindung des Jungen zu ihr, mit jeder Nacht, in der sie das letzte Gesicht war, das er sah, bevor er einschlief.

Von dem Moment an, als sie das Zimmer des Jungen verlassen hatten, hatte sie begonnen, ihr Ziel ins Visier zu nehmen, das Arbeitszimmer, das sich auf der anderen Seite des Gebäudes befand. Sie konnte den Eingang erst ausmachen, als sie entweder die Treppe hinunter oder wieder hinaufkam. Ihr anderes Ziel bewegte sich übrigens gerade an ihnen vorbei, als sie und der Junge in den hinteren Garten gingen. Adeline vermied jeglichen Blickkontakt mit dem Mann und tat so, als sei sie ganz in ihre Aufgabe vertieft, die keine andere war als die des Jungen, dessen Hand in ihrer lag. Auch der Junge war mehr als erfreut, Zeit mit jemandem zu verbringen, der sich wirklich um die kleinen Dinge kümmerte, die er so gerne tat. Er sah auf ihren gespielten Blick hin auf und zeigte sein breites Lächeln, bei dem die Lücken in seinen fehlenden Zähnen ihm die Show stahlen. Und doch wurde Adeline das Herz erwärmt.

Sie erreichten den Garten, ohne dass Adeline sich umdrehte, unsicher, ob der Butler ihren Spaziergang mit Argwohn betrachtet hatte, und unwillig, seine Gedanken zu fördern, falls sich ihre Blicke trafen. Tom ließ ihre Hand nicht los, als er auf die Schaukel zulief, die mit Ketten an dem sehr dicken Ast eines Baumes hing. Der Baum nahm einen großen Teil des Feldes ein. Durch den Jungen festgehalten, eilte Adeline unbewusst mit ihm und sie war für einen Moment aus ihrer Sorge um den Butler herausgeholt. Sie kamen an der Schaukel an, und Tom setzte sich sofort auf den Sitz.

"Komm, Adeline, schieb, schieb!", sagte er, und die Gehilfin gehorchte und stellte sich mit einem Lächeln im Gesicht hinter ihn. Sie legte ihre Hände um den Sitz und stupste den kleinen Lord nach vorne, was ihm einen lauten Schrei der Begeisterung entlockte, als er in die Luft katapultiert wurde. Sie setzten dies fort, während Adeline ihre Gesellschaft mit dem Kind genoss. Gleichzeitig behielt sie das Gebäude im Auge, in der Hoffnung auf den Zeitpunkt, an dem der Butler herauskommen würde und sie eine bessere Gelegenheit haben würde. Er mochte ein kritischer Diener sein, aber eines wusste Adeline auch: Er konnte auf das Rauchen nicht verzichten.

Sie wusste, dass er fast jede zweite Stunde irgendwann einmal zum Rauchen nach draußen gehen musste. Der Butler erledigte sein Geschäft draußen, denn Mrs. Dayton verabscheute den Geruch von brennendem Tabak im Haus. Sie ertrug ihn immer nur dann, wenn ihr Mann oder seine vornehme Gesellschaft rauchten. Dennoch, jeweils sobald sie anfingen, fand sie einen Weg, sich zu entschuldigen. Julius wusste es also besser, als ein stinkendes

Haus zu hinterlassen, bis die Dame des Hauses zurückkehrte.

Sie hatte schon fast angefangen zu zweifeln, ob er wirklich auftauchen würde. Ihre Handflächen hatten schon begonnen, ein wenig wund zu werden wegen der Schaukel, die sie drückte. Aber gerade bevor sie anfangen konnte, über einen anderen Weg nachzudenken, das zu tun, was sie vorhatte, während der Butler rauchte, trat der Mann heraus. Er warf ihr und Tom einen Blick zu und ging auf die andere Seite des Gebäudes. Dort besetzte er seinen bevorzugten Platz, der ihm einen guten Rundumblick erlaubte, während er das Glühen seiner Zigarette ansah und sich die Lungen ruinierte. Sobald er außer Sichtweite war, ließ Adeline Tom los und bat den Jungen schnell, weiter zu spielen, während sie sich drinnen um ein kleines Geschäft kümmere. Tom war glücklicherweise mehr als kooperativ mit seinem Kindermädchen.

Es war allgemein bekannt, dass Sir Dayton und Lord Palmerston Bekannte waren, und es war auch allgemein bekannt, dass Archibald fast jede zweite Woche an ihn schrieb, was ihre offiziellen und gesellschaftlichen Interessen betraf. Aber Adeline war diejenige gewesen, die ihn belauscht hatte, als er seiner Frau sagte, dass er mit den Briefen für diese Woche bis nach dem Dinner warten müsse, da sein

Bote sich plötzlich eine Grippe eingefangen habe. Das bedeutete, dass sie wusste, dass er Palmerstons Brief noch irgendwo in seinem Arbeitszimmer haben würde. Alles, was sie tun musste, war, ihn zu finden und mit dem von Howard geschriebenen zu ergänzen. Das musste sie schnell tun; in dem Zeitfenster, das der Butler brauchen würde, um seine Zigarette zu beenden.

Sie lief die Treppe hinauf und bog diesmal rechts ab, statt wie üblich links, wo sich Toms Zimmer befand. Sie passierte eine Tür, von der sie noch nicht wusste, was sich dahinter befand, und erreichte die andere, die sich zu ihrem Ziel hin öffnen würde. Sie sah sich nach spionierenden Augen um, als sie den Knauf der Tür drehte und sie unverschlossen vorfand. Sie trat ein und schloss die Tür vorsichtig hinter sich.

Das Zimmer war größer, als sie es sich vorgestellt hatte, fast doppelt so groß wie das von Howard, und es war auch besser eingerichtet. Aber sie hatte keine Zeit, die Möbel zu bewundern. Also machte sie sich an die Arbeit an dem großen Schreibtisch und begann zu suchen, wo Sir Dayton die Briefe aufbewahrt haben könnte, die er zu versenden beabsichtigte. Sie musste sich nicht viel Mühe geben, denn sie lagen übereinander auf der anderen Seite des Schreibtisches, die links vom

Schreiber gewesen sein musste, da der Herr von Natur aus Linkshänder war. Sie fand insgesamt vier von ihnen und durchsuchte schnell die Adressen nach Palmerstons Namen, und sie fand ihn. Sie kramte den Brief von Howard aus dem Inneren ihres Büstenhalters hervor und legte ihn in den noch unverschlossenen Umschlag mit Daytons Brief an Palmerston. Adeline rückte ihr Kleid zurecht und bereitete sich auf ihre letzte Aufgabe vor: einen sauberen Abgang.

"Die wichtigste Regel, wenn man sich irgendwo hineinschleicht, ist, nie fehl am Platz auszusehen." Thomas' Worte spielten in ihrem Kopf, als sie den Knauf an der Tür drehte und aus dem Arbeitszimmer trat, wobei sie sich umdrehte, um so leise wie möglich das Gegenteil zu tun. Sofort hatte sie die Hände an der Seite ihres Kleides, als würde sie es zurechtrücken, als sie sich auf den Weg zur Treppe machte. Plötzlich tauchte der Butler Julius auf und stand direkt vor ihr, wobei die beiden kaum einen Fuß voneinander entfernt waren, so dass sie den Geruch von verbranntem Tabak einatmen konnte, der ihn noch immer umgab.

"Was haben Sie in diesem Teil des Gebäudes zu suchen?!" Er stürmte auf sie zu, und sie erstarrte für eine Sekunde bei dem Schrecken in seinem Ton. Denn obwohl er nichts weiter als ein verherrlichter

Diener war, wusste Adeline, dass er ihr immer noch sehr unangenehme Dinge antun konnte. Sie konnte es nicht vermeiden, den Blickkontakt mit ihm zu halten, denn das würde den Mann nur darin bestärken, dass sie etwas zu verbergen hatte. Sie ließ sich nicht beirren und strich sich ihr Kleid glatt.

"Ich musste auf der Toilette etwas erledigen, und die hier war die nächstgelegene, die ich erreichen konnte. Habe ich in dieser Hinsicht etwas falsch gemacht?" Sagte sie und wischte noch fester an ihrem Kleid, um dem Mann die Möglichkeit zu geben, sich auf den Trick einzulassen: die Absurdität, dass er eine Dame fragte, was sie auf der Toilette zu suchen hatte.

Der Butler errötete, als wollte er etwas sagen. Aber ihre subtilen Gesten wirkten tatsächlich, und als seine Augen ihren Blick verließen, um weiter an ihrem Kleid hinabzusteigen, schloss er den Mund und knirschte mit dem Kiefer, gerade als Tom aus dem hinteren Teil des Hauses nach seiner Betreuerin rief.

"Adeline ...", rief das Kind.

"Ja Tom, ich bin hier!", rief sie zurück und wich dem Butler noch nicht von der Seite, "möchten Sie, dass ich Ihnen zeige, was ich da drinnen gemacht habe, oder kann ich mich wieder um den kleinen Sir kümmern?", sagte sie, ohne ihre Haltung oder ihren Blick auf ihn zu verstellen, obwohl ihr Herz wie verrückt schlug, bereit, aus ihrer Brust zu springen. Aber sie hatte ihn schon, sie machte ihn unruhig, das Kind des Herrn, seines Herrn, brauchte und rief nach ihr, und Adeline kam kaum nicht mehr ins Schwitzen.

"Bleiben Sie an der Seite des Gebäudes, die Sie Ihnen erlaubt ist, und kümmern Sie sich um nichts anderes als um den kleinen Herrn. Das ist Ihre Sache." Sagte er, bevor er zur Seite trat, um sie passieren zu lassen.

Adeline nickte, bürstete das Ego des Mannes gerade genug, um ihn loszuwerden, und kehrte die Treppe hinunter und zurück in den Garten, wo ihre Aufgabe wartete.

Sie wusste es nicht genau; sie hatte einfach das wildeste aller Spiele gemacht, und es hatte funktioniert. Sie hatte das ganze Haus mehr und mehr studiert, als sie angekommen war, um sich um Tom zu kümmern, und sie hatte die Teile des großen Hauses in ihrem Kopf zusammengesetzt. In dem Flügel, in dem sich Toms Zimmer befand, gab es noch ein weiteres Zimmer; ein scheinbar leerstehendes, das sie oft benutzte, wenn sie zu Besuch war; auch Toms

Zimmer hatte ein eigenes, angeschlossenes Zimmer, also machte es einfach Sinn, wenn es im anderen Flügel des Hauses ein zweites gab, wenn das Schlafzimmer des Hausherrn schon eines hatte.

Adeline ging auf den kleinen Sir zu, wo er in ihrer Abwesenheit freudlos gesessen hatte. Sie rief ihm zu: "Ich bin jetzt da, sollen wir weitermachen?" und auf dem Gesicht des Kindes wuchs das Lächeln zurück, das er vorher verloren hatte.

Ihn so reagieren zu sehen, machte es Adeline leicht, Tom nur als das unschuldige Kind zu sehen, das die kleinen Dinge wollte, die ihm Glück brachten. Sein kleiner Verstand war noch nicht mit Hass auf Menschen wie sie vergiftet; Menschen ihrer Klasse und ihres Standes, die die Königin für unwürdig erklärt hatte, ein ordentliches Leben zu führen. Er stand noch am Anfang der Phase seines Lebens, in der er auf die Mädchen der südlichen Kolonien herabblicken und nichts als Abscheu für ihr Aussehen empfinden musste, damit er für seine Kumpels mit dem gleichen elitären Status wie er selbst normal aussehen konnte. Auch wenn er das eine Mädchen in der Mitte mit den roten Haaren für umwerfend hielt. In diesem Moment war Tom nur ein Kind, privilegiert, aber dennoch ein Kind, und sie hoffte, dass die Dinge, die sie tun konnte, dazu

führen würden, dass er nicht zu dem klassenkämp-
ferischen Idioten heranwuchs, den die Königin
wollte.

KAPITEL 7: EIN MORD

Howard besorgte sich von einem Mann an den Docks ein Pferd. Am Abend war er zurück in der Stadt, wo er seine Aktentasche sicherte, bevor er mit der Pistole im Schlepptau zu den Minen aufbrach. Fitzhugh hatte versucht, ihn zu töten und die Informationen über seine kriminellen Aktivitäten loszuwerden, und er hatte überlebt. Ein Teil von ihm sagte ihm, dass es unglaublich dumm sei, zurück in die Höhle des Löwen zu gehen. Aber er wusste, dass Fitz ihn nicht körperlich angreifen würde, nicht vor so vielen Arbeitern, oder zumindest hoffte er das nicht.

Jeder, der ihn beobachtete, starrte ihn an, als er hereinkam. Ein Ärmel seines Hemdes war blutig, und der schwarze Ruß der Explosion hatte den einst weißen Stoff tief grau gefärbt.

"Fitzhugh!" Seine Stimme schallte durch die Minen, hallte wider, als alle stehen blieben, um zuzusehen. Er stieg vom Pferd und erkannte, was für einen dummen Zug er gemacht hatte. Es war unmöglich, Fitzhugh zu sehen, wenn er unten in den Minen war.

"Howard."

Er zückte die Pistole, als er sich beim Klang von Fitzhughs Stimme umdrehte, aber ein Arm legte sich um den seinen und verdrehte ihn fast vollständig. Der Arm zog ihn in einen Halbnelson, den der Angreifer ausweitete, indem er Howard anhob und ihn auf den Boden stieß. Howard blickte auf, um zu sehen, wie Archie die Waffe wegschlug und ihm sein Knie in die Schläfe rammte. Howard wehrte sich, aber Archie stieß das Knie weiter in die Seite seines Gesichts, was ihn in seinem Wunsch bestärkte unten zu bleiben.

"Du wolltest mich umbringen lassen, du Mistkerl!"

Mit einem Winken ließ Archie von seinem Gesicht ab und machte einen langen Schritt, um neben Fitzhugh zu stehen. Sein Gesicht sah fast entschuldigend aus, aber seine Handlungen sagten etwas anderes. Er hob die Waffe auf und steckte sie in seinen Hosenbund.

"Ich weiß nicht, wovon Sie reden."

Howards Augen weiteten sich, während er keuchte, um wieder zu Atem zu kommen, weil er entwaffnet worden war; Archie, der neben Fitzhugh stand, war das Einzige, was ihn davon abhielt,

116

zu versuchen, den Mann anzugreifen. Das Adrenalin vom Beinahe-Tod im Zug durchströmte noch immer seine Blutbahn, und deshalb fühlte sich der Prüfer ziemlich unbesiegbar. "Ihre Männer haben mich angegriffen. Zu fünft, in Steam Cars, sie waren bewaffnet und hatten bei weitem nicht die Absicht, mich sicher zu den Docks zu bringen."

"Ich fürchte, da müssen Sie sich irren; meine Männer haben nichts dergleichen getan."

"Wie erklären Sie sich dann all das? Ich wäre fast gestorben, Fitzhugh. Sie haben sogar den Zug präpariert, in der Hoffnung, er würde mit mir darin explodieren!"

"Howard, von welchen Wahnvorstellungen reden Sie? Ich habe keine Ahnung, worauf Sie auf Ihrer Reise zu den Docks gestoßen sind, denn ich habe sicher nicht versucht, Sie zu töten. Zu den Docks zu gehen, war einfach ein Gefallen, weil die Mine momentan zu wenig Leute hatte, und ich nahm an, dass Sie auch das Ende des gesamten Arbeitsprozesses mit eigenen Augen sehen könnten, nämlich die Lieferung. Sie schienen recht neugierig zu sein."

"Oh, genug mit der Pferdekacke, Fitzhugh! Ich weiß, was Sie vorhaben! Lassen Sie mich Ihnen sagen, ich bin Ihnen auf der Spur, und es wird nicht mehr lange dauern. Warten Sie nur ab."

Fitzhugh ging inmitten all der Blicke zu ihm hinüber. Die Minen waren für den Tag ausgeräumt worden, nur ein paar Faulenzer oder Leute, die Überstunden machen wollten, waren geblieben. Trotzdem waren es mehr als genug für Howard, um sich über seine Sicherheit Gedanken zu machen, er schluckte einen Klumpen Speichel herunter, als der Mann näherkam. Als der ehemalige Soldat in Hörweite war, sprach er in einem gedämpften Flüsterton.

"Sie wissen, dass ich dafür sorgen könnte, dass Sie noch vor Sonnenaufgang verschwunden sind. Der einzige Grund, warum Sie jetzt hier sind, ist, dass ich es erlaube, und das aus einem bestimmten Grund. Ich will Sie nicht wirklich töten, Howard. Sie sind ein intelligenter Mann, der sich für mich als wertvoll erweisen würde, wenn die Zeit gekommen ist. Aber Sie müssen aufhören, ein Ärgernis zu sein, Sie müssen aufhören; welche Tricks Sie auch immer in Ihren verdammten Ärmeln zu haben glauben. Beweisen Sie mir, dass Ihre Allianzen nicht gegen meine Angelegenheiten gehen. Gehen Sie mir aus dem Weg, Forsyth, und Sie können alles haben, was Sie wünschen."

Howard ließ sich das Gehörte durch seinen Kopf gehen. Fitzhugh streckte eine offene Handfläche aus und bot sie ihm an. Ein Zeichen der Akzeptanz und Gefolgschaft, eine schnelle Lösung. Der Prüfer beugte sich vor und spuckte neben Fitzhugh auf den Boden. "Zum Teufel mit der Treue zu Ihnen. Ich weiß, was aus Männern wird, die sich mit Leuten wie Ihnen ins Bett legen. Sie sind ein Monster, ein Mann, der nach Belieben Leben ruiniert. Und was ich begehre, kann man nicht mit allen Reichtümern in Greene County kaufen. Sie werden mich nie bekommen, Fitzhugh, nie!"

"Sind Sie sich da sicher?" Fitzhugh antwortete unter seinem Atem, bevor er sich von ihm abwandte. "Vielleicht sollten Sie erst einmal in die Stadt gehen."

Der Mann ging weg und steuerte auf eine Höhle hinter ihm zu, während sich die kleine Menschenmenge, die sich hinter ihnen versammelt hatte, teilte, um ihn passieren zu lassen. Archie stand immer noch zwischen ihnen, die Hand an der Pistole. Mit einer schnellen Bewegung entleerte er die Waffe von ihren Projektilen, bevor er beide auf Howard warf. Er ging auf den Rechnungsprüfer zu und stieß ihn im Vorbeigehen aggressiv mit den Schultern an. Howard hörte nichts von dem, was er im Vorbeigehen murmelte.

Die Menge hatte sich gelichtet, und auch Howard hatte das Gefühl, dass er etwas Ruhe brauchte; der Adrenalinstoß, der ihn den Tag hatte überleben lassen, ließ auch ihn erschöpft zurück. Sein Arm schmerzte am meisten an der Stelle, an der ihn die Splitter geschnitten hatten. Die Wunde musste untersucht werden, da er sie eine ganze Weile nicht hatte säubern und verbinden können. Die Warnungen seines Vaters tadelten ihn geistig, als er sich an die Anweisungen erinnerte, die man ihm gegeben hatte, als er jünger war, was offene Wunden und Infektionen anging.

Er beschloss, die Aktentasche später zu holen, hoffentlich sobald er sicher war, dass der Brief abgeschickt und Lord Palmerston auf dem Weg war. Howard wusste, wenn jemand Fitzhugh aufhalten konnte, dann war er es.

***

Als er auf dem Pferd nach Hause ritt, kam ihm ein Gedanke, der in der Zeit, in der er versuchte, nicht getötet zu werden, keine Priorität gehabt hatte: Die Männer, die ihn im Zug angegriffen hatten, kamen ihm, obwohl er sie nicht sofort erkannte, irgendwie bekannt vor. Ein paar von ihnen hatte er schon öfters in den Minen gesehen, wo sie ziemlich eng mit Fitzhugh selbst zusammenarbeiteten. Und doch leugnete der Bastard immer noch, Männer hinter ihm herzuschicken. Derjenige, der den fliegenden Apparat getragen hatte, nagte an Howard.

Er konnte nicht aufhören, sich zu fragen, woher Fitzhugh eine solche Maschine bekommen hatte. Er fragte sich, wie das Ding möglich gewesen war. Es war offensichtlich keine einfache Ingenieursleistung und dass es an einem zufälligen Mann befestigt war, der geschickt wurde, um ihn zu töten, bedeutete, dass mehr dahintersteckte. Fitzhugh hatte behauptet, er und seine Männer hätten die monströse Maschine gebaut, mit der er sie neulich in der Mine beobachtet hatte. Aber Howard hatte schon in dem Moment, als die Worte seinen Mund verlassen hatten, Zweifel daran. Außerdem kostete die Herstellung solcher Maschinen sicher eine ganze Menge Geld und Ressourcen, auch die Dampfkarren, die Steam Cars. Sie waren noch nicht so weit verbreitet. Obwohl einige Staaten schon eigene Versionen des Fahrzeugs hatten, war die letzte Woche das erste Mal gewesen, dass Howard so etwas gesehen und gefahren hatte. Dann traf ihn die Erkenntnis wie ein Blitz.

Die unbekannten Zahlen, die Teil seiner Entdeckung in dem Hauptbuch von Bryce Allen gewesen waren, diejenigen, die scheinbar keine Spur hatten, der man folgen konnte. Diese Zahlen waren Verkäufe. Der Stahl. Fitzhugh hatte den Stahl gestohlen. Er hatte ihn teils verkauft und ihn teils für seine dampfgetriebenen Apparate verwendet. Aber etwas anderes fehlte. Warum hat er ihn hergestellt? Vielleicht für den kommerziellen Verkauf? Aber wenn das der Fall wäre, dann hätte jede Elite in der Stadt ihre eigene private Dampfkarre anstelle einer Kutsche. Es war nicht für den kommerziellen Verkauf, keiner der Gegenstände schien für die Öffentlichkeit bestimmt zu sein. Aus welchem Grund auch immer Fitzhugh diese Dinge herstellte, war für Howard unverständlich.

Als er auf der Straße vor seinem Haus anhielt, sah er drei Männer vor dem Haus warten. Ihre langen Mäntel, Schlagstöcke und einzigartigen Hüte signalisierten Howard, dass sie zur königlichen Garde gehörten. Er fragte sich, warum sie so spät noch vor seinem Haus standen. Einer von ihnen drehte sich um und entdeckte ihn, seine Augen weiteten sich vor Erkenntnis und Erkennen.

"Da ist er! Schnappt ihn euch!", schrie die Wache und rannte ihm hinterher, die anderen beiden im Schlepptau. Howard zog an den Zügeln des Pferdes und machte eine Kehrtwende in die Richtung, aus der er gekommen war. Das Pferd pflügte über das Kopfsteinpflaster der Straßen und machte es den Männern durch das Geräusch der über den gepflasterten Boden trabenden Hufe leicht, ihm zu folgen. Sie waren dem Pferd jedoch nicht gewachsen, als es sie schnell hinter sich ließ und einen Weg durch die Bäume am Straßenrand einschlug. Eine Abkürzung, die zu dem Teil der Stadt führen würde, von dem die Elite nie etwas hören wollte.

***

Howard hielt das Pferd an, stieg ab und gab ihm einen Klaps auf den Hintern, wodurch das Tier in die entgegengesetzte Richtung davonlief. Es war kalt hier draußen, denn der Nachthimmel hatte seine volle Wirkung entfaltet. Der Mond schien hell durch das dichte Blätterdach der Bäume, durch die Howard lief, nur gelegentlich verdeckt von der einen oder anderen Wolke. Das Rauschen des nächtlichen Waldes erfüllte sein Ohr, aber er wusste genau, wo er hinwollte, also rannte er so schnell weiter, wie es seine Beine schafften. Er wurde langsam müde; noch nie in seinem Leben hatte Howard Forsyth so viel durchgemacht wie jetzt, nicht an einem einzigen Tag. Es war, als wäre er ein ganz anderer Mensch, nicht der kultivierte, bürgerliche, papierglotzende Revisor, der er war. Der ganze Tag hatte eine Seite an ihm zum Vorschein gebracht, von der er nicht wusste, dass sie existierte. Und es war wirklich überwältigend geworden.

Der Wald verschwand in einer kleinen Lichtung, hinter der sich eine Reihe von Holzhäusern befand. Er verlangsamte seinen Lauf zu einem schnellen, lockeren Spaziergang und versuchte, keine Aufmerksamkeit von den Einheimischen zu erregen, die an diesem Abend draußen lauerten. Je weiter er kam, desto mehr fragte er sich, was es war, das die Königin gegen die Menschen hatte, die dort lebten. Er war selten in diesem Teil der Stadt gewesen, es war gefährlich für Männer wie ihn, sich dort ohne irgendeine Art von Schutz aufzuhalten, ganz unabhängig von seinen Absichten, die man hatte. Die Feindseligkeit, die den Menschen von denen entgegengebracht wurde, die als die bessere Klasse angesehen wurden, brachte sie dazu, sich zu revanchieren, wann immer sie die Gelegenheit dazu bekamen. Auch ein Mann wie er, der zwar keine Bitterkeit ihnen gegenüber hegte, konnte die hässliche Seite der Kolonien kennenlernen, wenn er dafür gehalten wurde, nur wegen der Art, wie er gekleidet war. Er hatte zwar die Pistole bei sich, aber er wollte auf keinen Fall die Aufmerksamkeit auf sich ziehen oder darauf, wohin er ging.

Es war das größte Haus in der Gegend, sowohl von der Art als auch von der Struktur her, und verglichen mit dem Zustand, in dem die anderen waren, stand es besser da. Es war das einzige, das ein richtiges zweites Stockwerk hatte und vielleicht das einzige, das tatsächlich einen funktionierenden Schornstein hatte. Und die Ziegelsteine, die das Haus zusammenhielten und es bei Tag warm und lebendig aussehen ließen, sahen im monochromen Dämmerlicht der Nacht alt und schmutzig aus. Die breite Eiche, die wie eine zusätzliche Wand, die ein Eigenleben entwickelt hatte, neben dem Gebäude stand, verlieh ihm in der dunklen Nacht ein bedrohliches Aussehen, wobei ihre ausgebreiteten Äste den besseren Teil des Hauses vor dem Licht der Nacht abschirmten.

Howard rannte die kurze Treppe hinauf, die zur vorderen Veranda führte. Jede einzelne knarrte unter seinem Gewicht. Das Haus hatte sicherlich schon bessere Tage gesehen, sah aber immer noch gepflegt aus. Er klopfte dreimal laut an die Hartholztür, und es wurde fast sofort geantwortet. Ein Schieber öffnete sich hinter der Tür und gab den Blick auf ein von einer Kerze beleuchtetes Augenpaar frei, das durch den Spalt in der Tür starrte. Eine tiefe Frauenstimme kam vom anderen Ende.

"Und wer mögen Sie sein?"

"Ich bin Howard, ich bin hier, um..."

"Howard wer?"

"Howard Forsyth. Ist A..."

"Ja, natürlich, und ich bin die Königin."

"Hören Sie! Ich muss Adeline finden, ist sie zu Hause?"

Es gab eine Pause und das Geräusch von Füßen, die die Tür verließen. Howard sah, wie sich der

Atem vor ihm formte. Er wartete einen Moment, in der Hoffnung, dass die Dame, die geantwortet hatte, gegangen war, um einen Schlüssel oder so etwas zu holen. Die Angst zerrte an ihm und veranlasste ihn, erneut zu klopfen, gerade als die Tür von Adeline aufgerissen wurde. Sie zog ihn zuerst in eine Umarmung, bevor sie die Tür schloss und den Riegel und den Querbalken drehte.

"Howard, Gott sei Dank bist du in Sicherheit! Was ist denn hier los? Die Wachen sind hinter dir her. Sie behaupten, es habe einen Mord gegeben und du seist der Verdächtige."

"Was? Ermordet? Wer? Ich wurde von ihnen gejagt. Ich wusste nicht, warum, und mir fiel kein anderer Ort ein, an den ich mich wenden konnte und den sie nicht durchsuchen würden. Wessen Mordes beschuldigen sie mich?"

"Den alten Buchhalter."

"Bryce Allen? Er ist tot? Wie ist das passiert? Ich ... Hast du von Edmund gehört?"

"Schon eine Weile nicht mehr, nein. Was ist in den Minen passiert, warum siehst du so zerzaust aus? Was ist mit deinem Arm passiert?", fragte sie, bemerkte das getrocknete Blut, das seinen Verband zierte, und schaute ihn an.

"Wer ist da?", kam eine alte, heisere Stimme von hinter Adeline.

Howard drehte sich um und sah eine ältere Dame auf ihn zugehen, den Stock in der Hand, während sie sich ausbalancierte. Sie ging leicht humpelnd und winkelte sich dem Licht zu, damit sie Howard gut sehen konnte. Sie blinzelte ihn an und schnaubte laut, als wäre sie unzufrieden mit dem, was sie sah. Sie schaute von seinem zerrissenen Hemd zum blutigen Arm mit Verachtung und Missbilligung und schüttelte den Kopf.

"Ma Saleh, das ist der Mann, den ich ..."

"Ich weiß, wer er ist." Sie unterbrach sich mit einer Stimme, die lauter war, als Howard es hätte voraussehen können. "Kräftige Kieferpartie, Augen wie diese, diese Stimme und Körperhaltung. Sie sind ein Forsyth, nicht wahr?"

"Ja, Madam. Howard Forsyth. Ich hätte nicht..."

"Ich will es nicht hören. Sie sind derjenige, der mein Mädchen bis auf die Knochen ausgebeutet hat, nicht wahr? Dieser wehleidige Trottel namens Edmund hat mich belogen und sie in deinen Haushalt gesteckt, und du hackst auf Adeline herum, als wäre sie eine Maschine, die für dich gebaut wurde."

"Ma Sa..."

"Pssst, Mädchen. Forsyth, das Mädchen bei Ihnen ist meine Tochter, und ich werde sie nicht in Gefahr bringen, aus keinem Grund, und schon gar nicht für einen Mann, der aus einem schwachen Geschlecht wie dem Ihren stammt. Wenn Sie nicht bereit sind, alles zu riskieren, werde ich sie nicht länger für Sie arbeiten lassen. Was haben Sie zu Ihrer Verteidigung zu sagen?"

Howard starrte die ältere Frau an, als ihm plötzlich bewusst wurde, was er gefragt worden war. "Wenn Sie mir gestatten, Madam, ich liebe Adeline, sehen Sie, von ganzem Herzen, und ich würde alles tun, was ich kann, um sicherzustellen, dass ich den Rest meines Lebens mit ihr verbringen kann. In der Tat, Madam, ich bin bereit, alles für Ihr Mädchen aufzugeben", sagte er und beendete die Worte mit einem Blick auf Adeline.

Ein scharfes Klopfen schlug plötzlich an die Tür und riss die Vereinigung des Augenblicks auf, gefolgt von dem Geräusch der Wachen, die sich ankündigten. Madam Saleh lächelte Howard an, bevor sie Adeline ein Zeichen gab, ihn nach oben zu bringen. Sie ging zur Tür hinüber und rief das Mädchen, das Howard zuerst geantwortet hatte, um sie zu öffnen. Die Männer schienen gerade hineinzuspringen, bevor sie die alte Dame erkannten.

"Gibt es ein Problem?"

"Guten Abend, Madame Saleh. Ganz und gar nicht, es ist nur so, dass es einen Mord gegeben hat und wir versuchen, den Mann ausfindig zu machen, der dafür verantwortlich ist. Sie sind nicht zufällig in letzter Zeit einem Mann namens Howard Forsyth begegnet, oder? Er ist der Rechnungsprüfer in der Stadt."

"Forsyth? Ja. Bei dem Namen klingelt es bei mir. Ich kannte doch seinen Vater. Wissen Sie, er und ich, wir waren früher sehr gut befreundet. Damals, als ich noch jung und schön war, und er nicht der Stadtarzt geworden war, der nur die Elite behandeln wollte." Saleh hustete und stolperte nach vorn, woraufhin eine Wache nach ihr griff, sie auffing und aufrecht hielt. "Danke, vielen Dank."

Die Wache war jung, naiv und sehr vorsichtig gegenüber der alten Dame. "Ich tue nur meine Pflicht. Vielleicht können wir uns ein wenig umsehen?"

"Zu welchem Zweck? Ihr werdet nur meine Mädchen finden. Warum sollte ein Großstadtmensch wie Forsyth hier sein?"

"Trotzdem, wir müssen sichergehen. Entschuldigen Sie die Unannehmlichkeiten, Madam Saleh."

Der Wächter half ihr auf einen Stuhl, während die anderen weiter in das Labyrinth des Hauses gingen und durch eine Tür nach der anderen spähten. Howard versteckte sich direkt hinter der Tür des Zimmers, das Adeline inzwischen ihr Eigen nannte. Sie hörten die Stiefel des Mannes die Treppe hinaufkommen, was sie veranlasste, schnell zu handeln. Adeline zog ihr Kleid aus und wickelte ihren Körper in einen Schal, der einen guten Teil ihres Rückens und ihrer Schultern enthüllte, und wandte sich von der Tür ab.

Als der Wächter die Tür öffnete, schrie sie auf, tat so, als wäre sie dabei sich anzukleiden, und zog den Schal weiter nach oben. Er murmelte eine schnelle Entschuldigung und verließ den Raum, bis auf die Knochen erschrocken und peinlich berührt. Sie gruppierten sich im Erdgeschoss neu und entschuldigten sich bei Saleh, bevor sie das Gebäude verließen.

Howard wartete volle zehn Minuten, bevor er zurück in die Küche kam, wo Adeline eine Schiene, Spiritus und eine Pinzette bereithielt, um die Verletzung an seinem Arm zu versorgen.

"Und wo ist das Hauptbuch jetzt?"

"Ich habe es versteckt gehalten. Ich will es nicht bei mir haben, für den Fall, dass Fitzhugh noch einmal einen Anschlag auf mich verübt." Adelines Augen fixierten die seinen, als er die Worte sagte, und sie hielt eine Sekunde inne und nahm es in sich auf. "Oder ich werde verhaftet", fuhr der Mann fort. "Wenn ich zu lange von ihm getrennt bin, ohne ihn im Auge zu behalten, könnte dies das Ende aller unserer Bemühungen sein."

"Es heißt, Sie hätten Bryce Allen getötet." Saleh sprach von hinten, als sie ins Haus zurückkehrte. Die ältere Frau war viel agiler, als sie es sich anmerken ließ. "Ich bin sicher, das ist nicht wahr."

"Ist es nicht."

"Gut. Dann müssen wir Ihren Namen reinwaschen. Wer war noch anwesend, als Sie Bryce das letzte Mal gesehen haben?"

"Er hatte einen Bediensteten. Er schloss ab, nachdem ich gegangen war, er würde sicher wissen, dass ich es nicht war." Er zuckte zusammen, als der Alkohol in die Verletzung stach. Adeline rieb leicht sein Handgelenk und hielt seine Handfläche fest.

"Dann müssen wir diesen Diener finden. Er wird deinen Namen reinwaschen, und alles wird gut werden. Also, was soll das mit dem Hauptbuch?" fragte Saleh, während sie sich auf eine Weise in einen Sessel setzte, die Howard an eine Henne erinnerte, die sich in ihr Nest niederlässt.

"Ich habe vor ein paar Nächten von Bryce Allen ein Hauptbuch erhalten, das Einzelheiten über die Transaktionen der Minen unter der Aufsicht von Sir Fitzhugh White enthält. Lord Palmerston bat mich um Hilfe bei der Überwachung der finanziellen Angelegenheiten der Minen, seit der Unpässlichkeit des alten Buchhalters. Wie sich herausstellt, gibt es eine Menge Dinge, die nicht so sind, wie sie sein sollten, und eine Menge, die auch nicht das sind, was sie wirklich zu sein scheinen. Die Beweise für diese Dinge, die Sir Fitzhugh zugelassen hat und für die er tatsächlich verantwortlich ist, sind tief in den Büchern vergraben. Aufzeichnungen, die aufbewahrt werden mussten, weil die Minen Eigentum der Grafschaft Greene und der Königin sind."

"Und ich nehme an, Fitzhugh ist nicht sehr erpicht darauf, dass Sie das alles Lord Palmerston erzählen?"

"Nein, das ist er sicher nicht. Das hat er schon öfter deutlich gemacht, als ich mich erinnern möchte,

allein heute. Und ich fürchte, er wird nicht eher aufhören, bis er weiß, dass ich in dieser Angelegenheit
für immer schweigen werde, was immer das auch
erfordern mag." Er sprach und drehte sich zu Adeline um, deren Griff um seinen Arm fast zu einem
Klemmstock geworden war. Als hätte sie Angst vor
den Dingen, die er sagte.

"Es scheint so. Glauben Sie also, dass der Mord
an Allen immer noch ein Versuch von Fitzhugh ist,
Sie zum Schweigen zu bringen, oder ist es möglich,
dass es etwas anderes ist?"

"Ich denke, Fitzhugh ist ein Mann, der zu allem
fähig ist, um zu bekommen, was er will. Selbst
wenn das beinhaltet, einen anderen Mann zu er-
morden, einen ehemaligen Bekannten von ihm, und
es mir anzuhängen."

"Das würde ich ihm auch zutrauen. Ich habe
lange genug gelebt, um zu wissen, mit welchen
Männern man in diesem County nicht zu tun haben
sollte, und Fitzhugh steht an jedem beliebigen Tag
ganz oben auf dieser Liste." Saleh sprach und
blickte auf die brennende Lampe, die einen Meter
von ihrer Reichweite entfernt war, als wollte sie die
Erinnerungen wegwischen.

"Ich glaube, ich kann Bryce' Diener finden. Vielleicht kann ich ihn überzeugen, mit dir zu reden und dabei helfen, dich für unschuldig zu erklären." fügte Adeline hinzu.

"Ich glaube nicht, dass du das tun solltest, Adeline. Nach dem, was ich heute erlebt habe, denke ich wirklich, dass wir vorsichtiger sein sollten. Das könnte gefährlich sein. Wenn Bryce wirklich ermordet wurde, könnte der Mörder noch da draußen sein und uns beobachten. Ich werde nicht zulassen, dass du dich so einem Risiko aussetzt."

"Howard, du kannst nicht selbst rausgehen und etwas tun. Nicht im Moment. Wenn man dich erwischt, könnten die Wachen dich bis morgen früh tot sehen, noch bevor du eine Chance auf einen Prozess hast. Du musst bleiben, bis Lord Palmerston hier ist." Adeline flehte.

"Sie hat recht, Forsyth. Sie tun gut daran, auf sie zu hören. Sie mag eine Dame sein, und mein eigenes Mädchen, aber sie ist tausendmal zäher, als sie aussieht. Lassen sie Ihnen helfen. Bleiben Sie so lange wie nötig. Ihrem Vater hat es hier sowieso immer gut gefallen." sagte Saleh.

KAPITAL 8: SCHICKSALE

Er mochte ein echter Herumtreiber gewesen sein, der sich aus dem Süden davongemacht hatte, um bei der erstbesten Gelegenheit Zigarrenraucher und Scotch-Trinker zu werden. Er mochte ein Fleck in der Ecke desselben Bildes sein wie die Leute, die in der Gesellschaft wegen ihres Status und ihres Wohlstands etwas bedeuteten. Jedoch konnte keine noch so spezielle Verkleidung Edmund Hall zu einem Mann machen, der in der Lage war, „Nein" zu Fitzhugh White zu sagen. Nicht in diesem Leben.

Er saß auf dem Rücksitz des Steam Cars, während die Männer ihn bis zu den Minen fuhren. Archie und ein anderer Mann, der aussah, als hätte er einiges gesehen, entweder als Kämpfer in den Minen oder im Krieg, nach den Narben zu urteilen, die eine Seite seines Gesichts zierten, waren nur wenige Augenblicke nach Sonnenaufgang am Haus erschienen und hatten ihm gesagt, dass Fitzhugh nach seiner Anwesenheit verlangte. Aber es kam ihm gar nicht wie eine Bitte vor, also schnappte er sich einfach seinen Mantel und seinen Stock und folgte den Männern. Er war nicht daran interessiert, herauszufinden, was aus ihm werden könnte, wenn er nein sagte.

Er hatte nicht den geringsten Anhaltspunkt, wo sich der Mann aufhielt, dem das Haus gehörte, in dem er in dieser Nacht geschlafen hatte. - Sofern man das Sitzen auf dem Stuhl bei der Öllampe in der Haupthalle und das Lauschen auf Türgeräusche, bis er einnickte und in einer weiteren Minute erwachte, tatsächlich als Schlaf bezeichnen konnte. Das Letzte, was er von seinem Freund gesehen hatte, war tatsächlich zwei Nächte zuvor gewesen, als Howard ihn nach dem Abendessen im Arbeitszimmer zurückgelassen hatte, um das Hauptbuch durchzusehen, das er von Bryce Allen erhalten hatte. Bryce Allen, dessen Mord ausgeführt zu haben Howard seither beschuldigt wurde.

Edmund konnte nicht ergründen, warum jemand solche Anschuldigungen gegen Howard erheben würde, mehr noch, er wusste nicht, wie jemand das glauben konnte. Der Howard, den er kannte, war kaum die Art von Mann, die eine Konfrontation suchte, und obwohl der Mann die Tendenz hatte, ein wenig obsessiv zu sein, wenn er hinter etwas her war, konnte sich Edmund keine Situation vorstellen, in welcher der Revisor das Leben eines anderen Menschen auslöschen würde. Zwar hatte Howards Vater hatte eine Pistole gehabt. Diese hatte Edmund jedoch nie in Gebrauch gesehen, seit er Howard kannte. Sie lag in einer Metallbox in der unteren Schublade des Schreibtisches im Arbeitszimmer. Es handelte sich um die Box, die jedoch leer gewesen war, als Edmund an diesem Abend eintraf, nachdem die königlichen Wachen endlich das Haus verlassen hatten. Aber er konnte sich immer noch nicht vorstellen, dass an dem Gerücht etwas dran sein konnte.

Howard war am Morgen zuvor auf Fitzhughs Bitte hin mit einer Ladung aus den Minen zu den Docks aufgebrochen, und der Revisor hatte wider besseres Wissen beschlossen, dass er ihn, Edmund, nicht mitnehmen musste. Nun war Howard seither nicht mehr ins Haus zurückgekehrt, und auch er selbst war plötzlich ein Flüchtiger, gesucht wegen des Mordes an einem Mann, den er zwei Tage zuvor in Bezug auf Fitzhughs Angelegenheiten in den Minen getroffen hatte. Edmund presste die Fäuste zusammen, als der Dampfwagen an den Felsen, nahe dem Eingang einer der Höhlen, anhielt.

Sie stiegen aus, und Edmund wandte sich in Richtung von Fitzhughs Büro, nur um von dem Mann mit der schrecklichen Narbe im Gesicht auf die Schulter geklopft zu werden. Edmund blieb stehen und wandte sich den beiden zu.

"Sir Fitzhugh ist jetzt nicht im Büro, er ist unten in den Höhlen. Dort werden Sie ihn treffen." Archie ging vor ihm und dem anderen Mann in Richtung des Lochs in den Felsen, während der andere Mann stehen blieb und darauf wartete, dass der Komplize des Wirtschaftsprüfers voranging.

Edmund Hall war im Süden geboren worden, er hatte in der Rauheit der Kolonien gespielt wie jedes andere Kind in seinem Alter damals. Die Landschaft war rau und oft ungepflegt in den Gegenden, welche die Kinder oft aufsuchten, um in Ermangelung von ausgefallenem Spielzeug Abenteuer zu erleben. Zu diesen Gegenden gehörten Felsen, die kleine Höhlen hatten, die manchmal in den Boden führten, wo sich Tiere versteckten. Der Tag, an dem er entdeckte, dass er enge Räume hasste, war der Tag, an dem seine Freunde ihm einen Streich spielten, indem sie ihn in eines der Löcher warfen, einen großen Ast über die Öffnung zogen und lachend davonhuschten. Er hatte sich die Lunge aus dem Leib geschrien, bis sie zurückkamen und ihn noch mehr auslachten, und er war losgerannt, nachdem sie ihm herausgeholfen hatten, mit gerötetem und geschwollenem Gesicht. Ein Schnauben hatte sich mit den Tränen vermischt, die über seine mageren Lippen liefen. Seitdem war er nie wieder auch nur in der Nähe eines Lochs gewesen. Der Raum, in dem er schlief, war vielleicht der zweitgrößte im Raum nach dem von Howard. Mehr als oft ließ er die Tür zu seinem Privatgemach offen, wenn er das Klo benutzte, denn Edward Hall hatte Angst vor engen Räumen, und Fitzhugh White wartete in einem Loch in einem Felsen auf ihn.

Fitzhugh stand bei zwei Öllampen, die auf Stöcke gepflanzt waren, die wiederum zwischen Felsen eingegraben waren. Er beobachtete, wie ein linkshändiger Bergmann mit seiner Spitzhacke an die Arbeit ging und an der frischen Felswand hackte, in der Hoffnung, etwas zu finden. Archie kam an seiner Seite an, und nicht lange danach erschien Edmund in Begleitung des anderen Mannes. Sie befanden sich gut fünfzig Meter im Inneren des Felsens, und das Tageslicht war nach ein paar Gangwindungen in dem Loch verschwunden.

Fitzhugh klopfte dem Bergmann auf die Schulter, bevor er sich umdrehte, um seinen Gast zu sehen, und der Arbeiter stand auf und verließ den Schauplatz, wobei er seine Spitzhacke zurückließ, so dass nur Edward, er selbst und seine Männer in der Abgeschiedenheit unter der Erde waren. "Edward, ich bin froh, dass Sie hier sind", begann er.

Edward stand ein paar Schritte von dem Mann entfernt und schluckte die eigentliche Antwort, die er Fitzhugh geben wollte, hinunter, weil er schon aus der Höhle heraus sein wollte. "Natürlich, Sir Fitzhugh, warum sollte ich nicht?", sagte er.

"Schade, was es mit Ihrem Freund Howard auf sich hat. Er scheint sich in eine ziemliche Zwickmühle gebracht zu haben. Sie wissen nicht zufällig, wo er sich aufhält, oder? Für die Ohren der königlichen Wachen, natürlich."

"Ich fürchte, das tue ich nicht, Sir, und ich glaube nicht, dass Master Forsyth ein Mörder ist. Ich glaube, dass es sich um ein großes Missverständnis handelt." Edward antwortete und versuchte sein Bestes, um sein wachsendes Unbehagen zu verbergen.

"Nun, ich denke, das müssen die königlichen Wachen entscheiden. Aber die Sache ist die, Edmund, ich kann Howard helfen. Ich kann dazu beitragen, dass die Situation, in der er sich befindet, gelöst wird. Aber weißt du, Howard scheint meine Hilfe nicht zu interessieren. Er hat mich praktisch abgewiesen, als ich sie gestern anbot, nachdem er Wahnvorstellungen geäußert hatte, die einen ausgestopften Vogel zum Lachen bringen könnten. Ich mache mir Sorgen um den Mann, auch wenn er es nicht zu wissen scheint, Edmund, aber er scheint sich nicht um viel zu sorgen, wie er so behauptet."

"Meister Howa-"

Fitzhugh ließ ihn nicht zu Wort kommen: "Ich habe Sie nicht hergebeten, um mir zu erzählen, was er getan oder nicht getan hat, Edmund, wenn Sie sich ständig wiederholen. Wie gesagt, ich möchte ihm helfen, aber ich weiß beim besten Willen nicht, was ihn wirklich zur Vernunft bringen wird. Vielleicht wissen Sie es?"

Edmund schwieg, während das Geräusch seines Herzens, das unkontrolliert in seiner Brust pochte, durch seinen ganzen Körper wanderte. Es war schwer zu sagen, welcher der Schrecken ihm mehr zusetzte: der berüchtigte ehemalige Soldat, der ihn mit seinen Schergen allein in einer Höhle hielt, oder die Höhle selbst, die mit jedem Augenblick kleiner zu werden schien.

"Was liegt Howard Forsyth mehr am Herzen, als dafür zu sorgen, dass meine Angelegenheiten hier in die Brüche gehen, Edmund?"

"Er ist ein entschlossener Mann, Master Howard, wie ein Hund mit einem Knochen, und ich fürchte, er hat mir nichts mitgeteilt, was in die Kategorie dessen fällt, wovon Ihr sprecht", sprach Edmund schließlich. Seine Fäuste hatten wieder ihre Form angenommen; eine zerquetschte fast seinen Stock, und die andere schlug ganz unauffällig in seine Seite, während die Unruhe noch immer kochte.

"Natürlich, Sie sind selbst ein anständiger Mann, nicht wahr? Ich wäre enttäuscht, wenn Sie nicht einen Funken Loyalität in sich hätten. Das ist eine Eigenschaft für Männer mit Klasse und Leumund, wirklich. Aber sehen Sie, Edmund, Howard tut sich keinen Gefallen damit, einen Sturm zu entfachen. Ich habe eine Armee zur Verfügung und kann alles abwettern, was auf mich zukommt. Aber das tut er nicht, wie es offensichtlich ist. Bleibt nur zu sagen, dass Sie ihm keinen Gefallen tun können, wenn er von den Behörden gefangen genommen wird. Und Sie, nun ja, ich nehme an, Sie haben Pläne für den Fall, dass er untergeht."

Edmund ruhte mit fast seinem ganzen Gewicht auf seinem Stock. Würde man ihn von ihm wegstoßen, würde der Mann zu Boden fallen und vielleicht zerbröseln, bevor man ihm etwas anderes antun konnte. Fitzhughs Worte klangen ihm in den Ohren, während er schnell über die Dinge nachdachte, die er sagte. Der Mann war zivilisiert geblieben, aber er war sich nicht sicher, ob und wie lange er es noch sein würde. Er wusste nicht, ob er überleben würde, welche Wendung Fitzhugh auch immer nehmen würde, denn er wollte einfach nur aus dieser Höhle heraus sein.

"Ich sehe, dass du nachdenklich bist, Edmund, denke gut nach. Es gibt eine Menge Dinge, die daraus entstehen können, dass jemand wie ich dich als wertvoll ansieht, eine unzählige Anzahl von Dingen, sowohl in Bezug auf Wohlstand als auch auf angemessene Wertschätzung. Aber ich brauche dir nicht zu sagen, dass es ebenso viele Dinge gibt, die aus dir werden können, wenn ich mich dafür entscheide, dass die Luft zwischen uns nicht so ist, wie sie mir gefällt. Was wird es sein, Edmund?"

Hall war ein Gauner, bevor und als er Howard traf. Er war immer noch einer. Howard aber hatte ihn trotz seines Auftretens und wegen seines besonnenen Auftretens akzeptiert. Der Mann hatte die Dinge, die er begehrte, nicht als Narrenjagd eines Bettlers gesehen. Howard hatte sich ihm gegenüber wie ein Freund verhalten, auch wenn er es nicht hätte sein müssen, er war nie so herablassend gewesen wie eine Vielzahl selbst der bürgerlichen Leute, denen er begegnet war. Howard hatte ihm die Angelegenheiten seines Haushalts anvertraut, zu einer Zeit, als ihn niemand in die Nähe des eigenen Hauses ließ. Der Mann hatte ihm sein größtes Geheimnis anvertraut. Edmund war ein Gauner, den Howard fand und an den er glaubte. Er stieß einen

Husten aus, als sich seine Brust zu verkrampfen schien, die Panik erreichte ihren Höhepunkt. Er griff fester nach seinem Stock, drehte sich um und sah, dass der Mann mit dem Narbengesicht immer noch da war Er sah Archie an und erwiderte seinen Blick auf Fitzhugh. "Ich habe Ihnen nichts zu sagen", sagte er.

***

Adeline kleidete sich in das schickste Kleid, das sie in ihrem Kleiderschrank finden konnte, Saleh hatte ihr sogar zu ein wenig Make-up verholfen, gerade genug, um angemessen zu sein, aber nicht so, dass sie grell wirkte. Das Ergebnis war eine unglaublich umwerfende junge Frau. Sie hatte keine richtigen Schuhe, die zu ihrem Glockengewand passten, also trug sie ihre Arbeitsstiefel darunter, wohl wissend, dass diese noch verdeckt sein würden. Es gab kaum genug Zeit für Madam Saleh, ihr die Grundlagen der weiblichen Etikette bei den Frauen der Eliteklasse zu vermitteln, also musste Adeline mit ihrem Verstand arbeiten.

Eine Kutsche wurde herbeigerufen, da dies die effizienteste und effektivste Art war, sie nach draußen zu bringen, ohne die Aufmerksamkeit von Schaulustigen darauf zu lenken, warum eine Dame der Elite im Haus von Madam Saleh war. Adeline benutzte den Regenschirm, den Howard ihr vor einer Weile besorgt hatte, um ihr Profil vor den Leuten auf der Straße zu verbergen, bis sie sich in den besseren Gegenden von Greene County befanden, wo es als normal galt, dass Menschen, die ähnlich gekleidet waren, gesehen wurden.

Der Kutscher stieg aus der Pferdekutsche aus, um Adeline herunterzuhelfen. Sie bedankte sich bei ihm, bevor er abfuhr, was dem Kutscher einen verwunderten Blick entlockte, bevor er abfuhr. Sie wandte sich dem Bryce-Gebäude zu, dem Objekt ihrer Suche. Sie beobachtete zwei Damen, die vorbeigingen, und versuchte, deren Verhalten nachzuahmen. Nach einem Moment des Wartens hob Adeline den Kopf, neigte ihn ein wenig nach oben und ging zielstrebig in einer Art, die als konventionelle Art des Gehens unwirksam war, es ihr aber durchaus ermöglichte, ihre Hüften auf subtile, aber provokative Weise zu schwingen.

Als sie sich der Tür näherte, bemerkte sie einen Mann in einem langen dunklen Mantel und einem Anzug darunter. Er trug ein Monokel, das einen goldenen Rand hatte, und einen Zylinder, der dem von Sir Dayton unheimlich ähnlich sah. Er lächelte Adeline an, als sie auf seinen Ruf hin den Kopf drehte. Sie wusste nicht, wer er war, und wurde sofort misstrauisch. Nach allem, was sie wusste, könnte er der Mörder sein, also wandte sie sich ab, als er auf sie zuging.

"Hallo, Sie! Könnte ich mit der Dame sprechen?"

Sie klopfte leicht an die Tür, in weiblicher Manier, wie Saleh es ihr gesagt hatte, aber sie fürchtete, es sei nicht laut genug und niemand würde es hören. Sie irrte sich nicht; der Mann mit dem Monokel war bald in ihrem peripheren Blickfeld. Sie drehte sich langsam zu ihm um, und ein gezwungenes Lächeln breitete sich auf ihrem Gesicht aus. Er war ein großer Mann, was sein Mantel nicht verbarg. Adeline fragte sich, in welcher Branche ein Mann wie er tätig war, um einen solchen Status zu erlangen.

"Ich bin Rudolph John-Wesley, Besitzer der John-Wesley Scotch-Brauerei. Ich konnte nicht umhin, eine so feine Dame wie Sie vorbeigehen zu sehen."

"Ich fühle mich sehr geschmeichelt, Sir John-Wesley. Wahrhaftig, ich bin..."

"Nun denn. Darf ich Sie auf einen Drink einladen? Ich würde gern alles über Sie erfahren, Lady ...?"

Adeline geriet in Panik und räusperte sich laut, als ihr bewusst wurde, dass sie sich keinen Namen ausgedacht hatten. Ihre Augen huschten nach links und rechts und versuchten, sich einen Namen auszudenken. Sie sah die Fellwindjacke, die über seinen Hals hing und in der frühen Morgensonne baumelte. John-Wesley verlagerte sein Gewicht auf den anderen Fuß, ein subtiles Zeichen von Unbehagen und Ungeduld. Adeline platzte mit dem ersten Wort heraus, das ihr in den Sinn kam.

"Adele ... Furskin. Ich bin Adele Furskin. Es ist mir ein Vergnügen, Sie kennenzulernen, Sir John Wesley."

"Bitte, ich heiße Rudolph. Und, dieser Name. Den habe ich noch nie gehört. Sie sind sicher nicht aus der Gegend."

"Nein. Ich komme aus dem Westen der Grafschaft und bin etwas in Eile. Wenn es Ihnen nichts ausmacht, Sir John-Wesley?"

Er schnaubte. Männer seines gesellschaftlichen Ranges wurden selten von Frauen abgewiesen, denen er Avancen machte. Adelines abrupte Abweisung erwischte ihn auf dem falschen Fuß und ließ ihn taumeln. "Nun, ich halte die Dame besser nicht auf. Vielleicht ein anderes Mal."

Wenige Augenblicke später wurde die Tür vom Diener geöffnet. Seine Augen sahen müde aus, und der Gestank von Alkohol umwehte ihn. Er starrte Adeline fast fünf Sekunden lang an, bevor er sie hereinwinkte. Sie war ein wenig überrascht, dass er keine Fragen darüber gestellt hatte, wer sie war oder was sie wollte, aber sie würde einen Sieg nehmen, wo immer sie ihn bekam. Sie folgte ihm durch das Foyer und nahm in der Haupteingangshalle Platz.

Der Diener ging eine Weile umher, bevor er mit einer Flasche Schnaps in der Hand zurückkam. Er sah aus, als hätte er schon bessere Tage gesehen und wünschte sich einfach, dass alles, was ihn plagte, abgeschafft würde. Er nahm einen großen Schluck von dem Getränk, verzog wild das Gesicht, als es seine Kehle hinunterlief. Er stieß einen Rülpser aus, ohne sich um seinen Gast zu kümmern.

"Ich hatte gehofft ..."

"Sie sind die Schwester, ja?" Fragte er, offensichtlich betrunken. Etwas, von dem Adeline wusste, dass es immer ein guter Zungenlöser war.

"Ja."

"Sie sind gekommen, um ... wegen seiner Leiche?"

"Nein, nein, noch nicht. Ich möchte einige Fragen zu den Vorfällen rund um seinen Tod stellen."

"Er ist tot. Welche Vorfälle wollen Sie wissen?"

"Nun. Ich habe gehört, dass ein Mann namens Howard Forsyth ihn getötet hat."

"Verdammt richtig! Und lassen Sie sich von niemandem etwas anderes erzählen."

"Ich glaube Ihnen. Aber wie hat Howard ihn umgebracht?"

"Warum stellen Sie all diese Fragen, Ms. Allen. Nehmen Sie einfach die Leiche ... nehmen Sie die Leiche und gehen Sie." stotterte er.

"Nun, ich muss wissen, was ich dem Gerichtsmediziner sagen würde. Ich brauche diese Details, um es ihm zu sagen. Wie ist Bryce Allen gestorben?"

"Forsyth hat ihn getötet."

"Ja, Howard Forsyth. Und wie hat er es gemacht?"

"Er... Er machte das Ding, mit... er tat es in sein Essen, wie der Mann sagte."

"Was für ein Ding?"

"Es war Gift." Er hustete heraus, und Spucke tropfte ihm aus dem Mund. Er wischte ihn mit dem Ärmel weg und schniefte intensiv.

"Ja, das weiß ich. Und wer hat es dort hineingetan? Wer hat ihn vergiftet?"

Das Schweigen war dicht. Er brauchte nicht zu sprechen, damit Adeline es wusste. Der Diener hatte Bryce vergiftet und wurde nun von Schuldgefühlen übermannt. Aber es ergab für Adeline keinen Sinn, warum sollte der Diener die Schuld auf Howard schieben? Er würde nichts davon haben, wenn er den Revisor ins Gefängnis schickte, warum ihn also reinlegen? Der Diener begann leise zu weinen, sein Schluchzen wurde nun immer stärker.

"Ich wurde gebeten, es zu tun. Männer aus den Minen ... sie kamen und bezahlten mich sehr gut, drohten mir aber, wenn ich nicht täte, was sie erwarteten. Ich hatte keine andere... andere Wahl. Sie sagten, sie würden mich umbringen."

"Sie werden Ihnen nicht wehtun. Das verspreche ich Ihnen, ich werde dafür sorgen, dass die Wachen die Verantwortlichen schnappen. Es wird Ihnen nichts geschehen, das versichere ich Ihnen. Es..."

"Ich habe es getan! Die Männer... die Männer haben mich darum gebeten, aber... ich habe es getan. Ich hätte nein sagen können. Ich hätte zu den Wachen gehen können. Aber sie würden... nein, die Wachen hören nicht auf Männer wie mich. Ich bin ein Diener und nichts weiter. Sie werden mir nicht helfen können. Also habe ich es getan, Ms. Allen. Ich habe Ihren Bruder getötet, und als... ich ihnen sagte, dass es die Forsyth m.... war"; sein Geschwafel wurde unzusammenhängend, als er anfing, unbehaglich zu wimmern.

Adeline saß still und empfand Mitleid mit ihm. In ihrer Gesellschaft würden die Wachen niemals auf die Probleme derjenigen reagieren, die zur untersten Schicht gehörten. Sie waren für niemanden von Bedeutung. Alle Streitigkeiten, die das äußere Eingreifen des Gesetzes erforderten, um irgendwelche Auseinandersetzungen der unteren Klasse zu stillen, wurden beiseite gewischt, als ein Gezänk von Tieren betrachtet. Sie ließ den Diener seine aufgestauten Emotionen aussprechen, während sie ruhig abwartete. Nach einem Moment versuchte er, die Kontrolle über sich wiederzuerlangen, indem er sein Schniefen und seine Körperkrämpfe so gut es ging unterdrückte.

"Es tut mir leid, dass Sie ... dass Sie das sehen mussten.", sagte er und versuchte, seinen Kopf von den Auswirkungen des Alkohols zu befreien.

"Ist schon in Ordnung. Wir müssen das den Wachen erzählen, sonst könnte dieser Forsyth in ernsthafte Schwierigkeiten geraten. Und ich weiß, das Letzte, was Sie wollen, ist, einen weiteren Toten zu haben."

"Nein. Niemals. Ich werde für dieses große Unrecht, das ich begangen habe, bezahlen."

"Es tut mir aufrichtig leid, dass Sie zu dieser Tat gezwungen wurden. Ich werde mit Lord Palmerston sprechen, vielleicht findet er einen Weg, Ihre Strafe abzumildern. Aber in der Zwischenzeit müssen Sie das Geständnis, das Sie mir gegeben haben, vor ihm ablegen. Können Sie das tun?"

"Ich weiß nicht, ob ich das kann."

"Doch, das können Sie. Wenn es Gerechtigkeit geben soll, müssen Sie das tun."

Adeline richtete tröstende Worte an den Diener und beruhigte ihn für die kommenden Tage. Er war jung und verängstigt bis auf die Knochen. Aber nach einer Weile war Adeline zuversichtlich, dass er mit Palmerston sprechen und helfen würde, Howard zu entlasten. Er versprach ihr, dass er so lange außer Sicht bleiben würde, bis er sah, dass Palmerston in die Stadt gekommen war. Am späten Nachmittag verließ sie das Haus und ging hinaus auf die Straße. Sie spannte ihren Regenschirm auf und machte sich auf den Heimweg, wobei sie Ausschau nach einer Kutsche hielt.

Sie überlegte es sich anders, ob sie so gekleidet in die Slums zurückkehren sollte, und machte einen Umweg zum Haus der Forsyths. Sie betrat es durch den Hintereingang, der von der Hauptstraße aus nicht zu sehen war, während zwei Polizisten davor hingen, die ihr Bestes taten, um lässig auszusehen, was ihnen aber gründlich misslang. Sie wechselte schnell aus dem Kleid in eine Bluse, die hinten geschnürt war, und einen Rock. Sie ließ ihr Haar über die Schultern fallen und wischte sich den größten Teil des Make-ups aus dem Gesicht.

Sie verließ das Haus über den Weg, den sie gekommen war, und fühlte sich nun wohl, als sie wieder zu einem Schatten in den Straßen wurde. Niemand in diesem Teil der Stadt nahm Leute wie sie wahr. Sie waren für Besorgungen da und wurden nicht im Geringsten als wichtig für das Wachstum der Gesellschaft angesehen, und doch waren sie ihr

Rückgrat. Der Geruch von gebratenem Fisch in der Nähe erregte ihre Aufmerksamkeit. Der Fisch erinnerte sie an das Meer und das Meer von Lord Palmerston. Er würde auf dem Weg nach Greene County sein und alles würde sich zum Guten wenden.

Jemand winkte ihr von ganz links mit der Hand zu, was sie veranlasste, den Kopf zu drehen und sich umzusehen. Es war John-Wesley, der sie anlächelte. Sie hielt einen Moment lang inne, verwirrt darüber, wie er sie immer noch erkennen konnte, nachdem sie sich umgezogen hatte. Adrenalin rauschte durch ihren Blutkreislauf, als ihr Gehirn die Verbindung herstellte: Sie wurde verfolgt. Als sie einen Schritt machte, um wegzulaufen, spürte sie einen großen Unterarm über ihrem Hals und ein Stück Stoff, das mit einer geruchlosen Flüssigkeit getränkt war, über ihren Nasenlöchern, wodurch sie bewusstlos wurde.

KAPITEL 9: ZU DEN MINEN

"Ich kann nicht mehr warten. Es gibt kaum noch zwei Stunden Sonnenlicht. Wir müssen Adeline finden."

"Lass Chevonne einfach nach ihr suchen. Sie kennt die Stadt gut. Wenn jemand etwas gesehen hat, wird Chevonne es herausfinden. Adeline wird bald zurück sein; sie ist wahrscheinlich gerade mit etwas beschäftigt. Vielleicht wurde sie wieder vom Haushalt der Daytons gerufen." Saleh sprach von ihrem Platz im Sessel aus und starrte misstrauisch auf die Tür.

Sie kannte Adeline genauso gut wie sie sich selbst. Irgendetwas war schiefgegangen, und Adeline war weg. Howard spürte es auch, aber es war unlogisch, ihn hinauslaufen zu lassen, um sie zu suchen. Saleh konnte ihn nicht aufhalten, wenn er sich entschlossen hätte, ihr nachzugehen, aber sie würde tun, was sie konnte. Wenn wirklich etwas vorgefallen war, würde Adeline durch jemanden auf der Straße eine Nachricht schicken, und die würde Saleh früh genug erreichen. Aber während sie die Stunden zählten, war nichts zu hören.

Howard sah noch angespannter aus; Saleh konnte die Ader, die an der Seite seines Kopfes herausgetreten war, pulsieren sehen. Er spürte es auch, irgendetwas stimmte nicht, und er kämpfte gegen das zwingende Verlangen an, ihr nachzugehen. Howard schaute durch den Guckschlitz in der Tür. Seine Augen suchten die Straßen draußen nach irgendeinem Zeichen von Adeline oder dem irischen Mädchen ab, das an der Tür geantwortet hatte, als er ankam. Es wimmelte nur so von Menschen, alle ähnlich gekleidet, was es Howard schwer machte, den Überblick zu behalten.

Er beobachtete, wie Männer, Frauen und Kinder hin und her liefen und ihren Geschäften nachgingen. Kinder, manche erst fünf Jahre alt, liefen mit gebackenem Brot und gekochtem Mais umher, damit die Leute es kaufen konnten. Auch Bauern schleppten ihre Produkte über die Schultern und brachten sie in ihre Häuser, um sie zu lagern. Ihre Kinder folgten dicht dahinter, bedeckt mit Schmutz und Dreck. Howard konnte nicht verstehen, warum die finanzielle Kluft so groß war. Wenn die Königin nur einen Teil ihre Ressourcen an Orte wie diesen fließen lassen würde, wäre das Leben hier vielleicht besser.

Leistung zu verlangen war in Ordnung, Ausbeutung zu betreiben war es nicht. Als Kind hatte ihn sein Vater gezwungen, sich jedes Geschenk zu verdienen, indem er eine Aufgabe erledigte, entweder akademische oder häusliche Pflichten. Sogar für jede Mahlzeit, die er aß, hatte er gearbeitet, aber nicht in einer Weise, die man als unmenschlich bezeichnen würde, sondern nur im richtigen Verhältnis. Wie auch immer die folgenden Stunden ausgehen würden, Howard schwor sich, die Probleme, die er gesehen hatte, Lord Palmerston und der Königin vorzutragen und vielleicht zu versuchen, die Dinge zu ändern.

"Jemand hat sie mitgenommen." verkündete Chevonne, als sie durch den Hintereingang hereinkam. "Zwei Männer, einer war ein gut gekleideter Mann, den niemand erkennen konnte, aber der andere: man sagt, der Kerl arbeitet für Fitzhugh."

"Ich muss gehen."

"Howard, wenn du jetzt gehst, läufst du direkt in eine Falle." Saleh sprach, und die Worte eilten aus ihrem Mund, als die Angst sie zu packen begann.

Howard hörte nicht zu. Er fand einen Haufen Papiere, auf die er gekritzelt hatte und sammelte sie in einer Tasche. Wenn Fitzhugh hinter ihr her war, dann hatte er keine Wahl. Er würde einen Handel mit ihm eingehen, einen, der über das Schicksal von

Adeline entscheiden würde. Saleh stand an der Tür und versperrte ihm den Weg. Aber als sie in seine Augen sah, sah sie die Überzeugung in ihnen und wusste, dass er nicht mehr aufzuhalten war.

"Bringen Sie sie einfach nach Hause." sprach Salah, als sie ihm aus dem Weg ging.

Howard rannte aus dem Haus auf die Straße. Er musste zu den Minen gelangen, und der schnellste Weg führte über den Hauptmarkt, und zwar auf einem Pferd. Saleh hatte nur ein Pferd, eines, das er nicht mitnehmen konnte, und obwohl er drei in seinem eigenen Haus hatte, konnte er es nicht riskieren, dorthin zu gehen. Er erwog, ein Pferd zu stehlen, ein weiteres Verbrechen, das dank der Königin vom Gesetz ernst genommen wurde, aber ihm gingen die Möglichkeiten aus.

Er ging zügig über den Markt, nachdem er einen Mann erspäht hatte, der gerade von seinem Pferd abstieg. Er schien dem Tier keine große Aufmerksamkeit zu schenken und war mehr damit beschäftigt, mit den Einwohnern der Stadt zu sprechen. Howard machte einen schnellen Schritt auf das Tier zu, aber kurz bevor er es berühren konnte, drehte sich der Reiter um und sah ihn. Ein Blick des Erkennens ging über sein Gesicht, bevor er so laut schrie, dass es Howard erschreckte.

"Er ist genau hier! Schnappt ihn euch!"

Howard drehte sich um und rannte los, als er eine Gruppe von Männern bemerkte, die sich durch die Marktmenge zu ihm durchzudrängen versuchte. Sie waren bewaffnet, zogen aber nicht ihre Waffen gegen ihn, was Howard den Eindruck vermittelte, dass es sich um Wachen und nicht um Fitzhughs Männer handelte. Er rannte durch die Marktstände, stolperte über die Waren der Verkäufer und rief instinktiv Entschuldigungen, während er rannte.

Die Männer verfolgten ihn und versuchten ihr Bestes, um ihn in der Menge nicht zu verlieren. Sie achteten darauf, wo der Aufruhr war und rannten in diese Richtung, in der Hoffnung, ihn zu erwischen. Howard bog nach links ab, sprang über einen Tisch und stolperte über einen Sack Kartoffeln. Er rollte an den Rand des Weges, der mit Menschen gefüllt war, und passte mit seinem Körper genau in den Boden eines Verkaufsstandes. Das junge Mädchen, das die Kartoffeln verkaufte, sah sich die ganze Szene an, bevor sie lächelte und den Zeigefinger an die Lippen hob.

"Er ist da lang gegangen! Hinter dem Obststand! Beeilt euch!"

Die Männer machten sich nicht einmal die Mühe, nachzusehen, wer die Anweisungen brüllte. Sie glaubten es und rannten los zum Obststand. Howard bedankte sich bei dem Mädchen, bevor er in die Richtung zurückkehrte, aus der er gekommen war. Wie erwartet wurde das Pferd unbewacht zurückgelassen, als Howard das Tier bestieg und sich auf den Weg zu den Minen machte. Die Sonne war bereits hinter ihm untergegangen, als er das Pferd mit den Zügeln peitschte und es anspornte, schneller zu reiten, denn er dachte nur an die Frau, die er in das Debakel hineingezogen hatte.

***

Als er in der Mine ankam, bemerkte er etwas Seltsames. Es war völlig still und leblos. Er wusste, dass es normalerweise immer ein paar Leute gab, die zurückblieben, um vor dem nächsten Arbeitstag nach dem Rechten zu sehen, und dass man sie um die Minen herum bei Feuern oder einfach beim Spazierengehen entlang der Bergrücken und Klippen sah. Jetzt aber war niemand in Sicht. Draußen leuchteten ein paar Fackeln an den Wänden, dazwischen befand sich eine Höhle, aus deren Innerem der orangefarbene Schein einer weiteren offenen Flamme drang.

Howard sprang vom Pferd und zog die Pistole, die er dabeihatte. Das Pferd der Wache zu nehmen, zahlte sich mit ein paar zusätzlichen Kugeln und einer Handvoll Schießpulver im Sattel des Pferdes aus. Er machte sich nicht die Mühe, sich hineinzuschleichen, da er wusste, dass sie auf ihn warten würden, also ging er hinein, die Pistole ausgestreckt in der Hand haltend. Die Höhle war viel höher als die anderen, in denen er gewesen war. Der Gang war leicht gekrümmt, was es schwierig machte, mehr als ein paar Meter voraus zu sehen, ohne dass die Felswände im Weg waren.

Die Lichter, die vom Ende der Höhle kamen, wurden heller und wärmer, was anzeigte, dass er sich seinem Ziel näherte. Er ließ seinen Finger um den Außenschutz gleiten und auf dem Abzug ruhen. Er hoffte inständig, dass er die Waffe nicht würde benutzen müssen, aber wenn es dazu käme, sagte sich Howard, würde er Fitzhugh in den Kopf schießen und versuchen, so viele andere wie möglich auszuschalten, bevor er zu Fall gebracht werden würde, um Adeline eine Chance zur Flucht zu geben. Sein Bauchgefühl sagte ihm, wie unlogisch sein Vorhaben war; er hatte sich gerade erst von seinem Erlebnis im Zug am Vortag erholt, bei dem er nur mit viel Glück überlebt hatte, aber sein Herz hatte die Führung übernommen und wollte nicht hören.

"Howard, endlich, du darfst dich zu uns setzen."

Es kostete ihn all seine Willenskraft, bei der Stimme nicht sofort abzudrücken, während sein Gehirn die Szene vor ihm interpretierte. Etwa acht Männer, alle bewaffnet, liefen in einem Halbkreis umher und standen Howard gegenüber. Fitzhugh war der einzige, der auf etwas saß, das wie ein Baumstumpf in der Mitte der Lichtung in der Höhle aussah, die scheinbar endlos mit Fackeln gesäumt war. Sein entspanntes Auftreten strahlte immer noch aus. Zu seiner Linken stand Archie, der Mann, der Howard schon mehrmals zu den Minen gefahren hatte. Howard sah, wie einer der Männer Adeline an den Haaren festhielt. Ein Stück Stoff um ihren Mund gebunden und eine Klinge an ihrem Hals. Das Gesicht des Mannes sah aus, als würde er um den Befehl betteln. Howard richtete die Waffe direkt auf ihn, was dazu führte, dass die anderen Männer ihre auf den Revisor zurück richteten.

"Sie kommen an und das Erste, was Sie tun, ist, mir eine Waffe ins Gesicht zu halten? Nicht ger-"

"Lassen Sie den Unsinn, Fitzhugh. Das hat nichts mit ihr zu tun. Lassen Sie sie gehen, lassen Sie uns das klären." Er griff langsam in die Tasche, die er um den Hals trug, und holte das Hauptbuch hervor. "Ich habe hier bei mir alle Beweise, die ich brauche, um Ihre Verurteilung für all die Gräueltaten, die Sie in dieser Mine begangen haben, sicherzustellen. Ich werde es Ihnen überlassen, lassen Sie sie nur gehen."

"Sie verlangen von mir, dass ich mein einziges Verhandlungsmittel wegschicke? Und warum sollte ich das tun?"

"Weil ich Ihnen gebe, was Sie wollen. Jetzt, hier! Nehmen Sie es!" Er schleuderte das Buch über den felsigen Boden auf Fitzhugh zu und legte die Hand wieder auf die Pistole. "Nehmen Sie es, und Sie werden weder mich noch sie jemals wiedersehen."

"Howard, hören Sie. Ich weiß die Geste zu schätzen, das tue ich wirklich. Aber Sie verstehen mich nicht wirklich. Ich brauche einen Mann wie Sie bei dem, was ich vorhabe. Dieser Krieg, der von der Königin begonnen wurde. Er schmerzt sie nicht, nicht so sehr wie Sie und mich. Wir alle haben jemanden in diesem Krieg verloren, wurden auf irgendeine Weise von ihm betroffen. Aber ich bin nicht jemand, der das einfach so durchgehen lässt. Deshalb werde ich mir von diesem Krieg zurückholen, was immer ich kann. Niemand ist unschuldig, also werde ich von beiden Seiten etwas mitnehmen."

Adeline wehrte sich und gab dumpfe Laute von sich, als der Mann fester an ihrem Haar zog. Howard musste seinen Mund leicht öffnen, um seine Atmung zu kontrollieren. Ein Unfall, und alles wäre vorbei. Fitzhugh bemerkte, dass er Howard an einem wunden Punkt erwischt hatte. Der Gedanke erfüllte ihn mit Zuversicht. Er fuhr fort.

"Sie haben sich sicher gefragt, wohin all das Geld und die Materialien geflossen sind? Nun, ich werde es Ihnen sagen. Stellen Sie sich eine Armee von Männern vor, die alle mit hochmodernen Maschinen ausgestattet sind, angetrieben von unseren Dampfmaschinen und Getrieben. Dampfkarren würden den Krieg revolutionieren! Die Truppen könnten schneller und weiter verlegt werden als je zuvor! All das könnte jeder Seite des Krieges zur Verfügung stehen... für den Höchstbietenden."

"Sie wollen Ihr Land verraten, für Geld?" Howard spuckte.

"Das Land hat mich zuerst verraten. Es ist nur fair, dass sie bekommen, was sie die ganze Zeit verdient haben. Howard, ich brauche Sie in dieser neuen Welt, die ich versuche, aufzubauen. Ein Mann wie Sie wäre ein würdiger Verbündeter, ein mächtiger dazu. Wenn wir fertig sind, hätten wir genug Reichtum, um zu tun, was wir wollen. Mehr als die Peanuts, die Palmerston Ihnen zahlt. Stellen Sie sich vor, was das für Ihre Dame hier bedeuten würde, eine Bürgerin erster Klasse zu werden. Und alles, was Sie tun müssen, ist, sich mir anzuschließen."

Howard zog die Stirn in Falten, als ihm eine Million Möglichkeiten durch den Kopf gingen, die Luft in der Höhle wurde durch die Anspannung schwerer und machte ihm das Atmen schwer. "Lassen Sie sie zuerst gehen."

"Nein. Sehen Sie, unser gemeinsamer Freund hat gesagt, dass sie das Einzige wäre, was Sie dazu bringen würde, das zu tun, was ich will. Und was ich will, ist, dass Sie sich mir anschließen." Fitzhugh nickte dem Mann mit dem Messer zu, der seinerseits bestätigend lächelte, ein wahnsinniges Grinsen auf dem Gesicht, während er sich anschickte, die Klinge durch sie zu führen.

"Was sagst du, Forsyth? Es wäre eine Schande, Sie beide töten zu müssen."

Er hatte verloren. Wenn er sich weigerte, würde Adeline sterben und er selbst auch, da er zahlenmäßig weit unterlegen war. Sein Verstand gab ihm nur einen Befehl - für die Sicherheit von Adeline zu sorgen. Er hielt seine Pistole auf den Mann mit dem Messer an ihrer Kehle gerichtet, bevor er seinen Blick auf Fitzhugh richtete. Der Minenkapitän sah entspannt aus wie immer, er brach in der Feuchtigkeit der Höhle nicht einmal in Schweiß aus. Es war offensichtlich, was Howard für eine Antwort geben würde.

"Scho ..."

"Howard Forsyth! Auf Befehl Ihrer Majestät, der Königin, stelle ich Sie unter..."

Alle drehten sich um und sahen die königlichen Wachen, die sich alle am vorderen Eingang der Höhle drängten, direkt hinter Howard. Sie schauten schockiert auf den Anblick eines Mannes, der einer Dame ein Messer an die Kehle hielt. Howard nutzte die Ablenkung als seine Chance und feuerte. Die Kugel traf den Mann in der linken Schulter, so dass er durch die Wucht des Geschosses das Messer fallen ließ. Er stolperte rückwärts und ließ ihr Haar los.

Die Kugeln begannen zu fliegen, als die Wachen das Feuer auf die Bergleute eröffneten, weil sie glaubten, sie hätten den Präventivschuss abgegeben. Adeline und Howard fielen flach auf den Boden und krochen so schnell sie konnten aufeinander zu. Fitzhugh verschwand hinter einem Haufen Felsen, als die Kugeln häufiger zu kommen begannen. Die Wachen waren in großer Zahl gekommen, in der Hoffnung, Howard zu fangen, indem sie ihn mit Ihrer Überzahl einkreisten. Sie waren ihm gefolgt, nachdem er das Pferd genommen hatte, und warteten auf den richtigen Moment, um sich auf ihn zu stürzen, ihr Timing hätte für ihn nicht besser sein können.

Sie versteckten sich hinter Felsblöcken, tauschten Schüsse mit Fitzhughs Männern aus und versuchten, jeden auszuschalten, den sie konnten. Bald war die Höhle mit dem beißenden Gestank von Schießpulver und Rauch erfüllt. Die Wachen hatten die Oberhand. Mit einer größeren Menge an Munition konnten sie länger im Gefecht bleiben als die Bergleute, also gruben sie sich ein und feuerten zurück. Aber was dann kam, darauf waren sie nicht vorbereitet.

Fitzhugh brach in der Maschine, mit der er die eingestürzten Bergleute gerettet hatte, aus dem Boden unter ihnen heraus. Es sah so aus, als wäre sie verbessert und für mehr Agilität nachgerüstet worden, denn unter ihrem Chassis schienen mehr

Zahnräder und Kurbelwellen zu laufen als in der früheren Version. Die Dampfmaschine schnaufte und blies in Intervallen heiße Luft aus dem hinteren Teil des Geräts. Sogar das Mittelstück, das Fitzhugh hielt, war mit einer harten Metallhülle versehen worden, um ihn zu schützen.

Die Wachen feuerten auf die Maschine, aber die Kupferkugeln prallten nur vom Stahlrahmen der Maschine ab. Die Maschine schlug mit einer großen Metallfaust auf einen Wachmann ein, umklammerte ihn mit ihrem schraubstockähnlichen Griff und schleuderte ihn dann in die Felsen, wo sich der Rest der Wachen aufhielt. Die Schießerei ging weiter, während sich die Wachen zurückzogen. Howard und Adeline folgten dem Beispiel und eilten ebenfalls zum Ausgang. Fitzhugh schlug mit der Faust gegen einen Felsbrocken, riss ihn aus dem Boden und warf ihn direkt in sie hinein.

Howard schob Adeline vorwärts, als der große Felsen auf das Dach der Höhle aufschlug, zerbrach und ihn an der Schulter traf. Sie fielen, Adeline kam zuerst wieder auf die Beine und half ihm auf, während sie weiter zum Ausgang rannten. Zwei Wachen hatten es nach draußen geschafft und warteten mit ihren Gewehren auf den einzigen Weg in die Höhle hinein und hinaus. Howard und Adeline stürmten hinaus und warfen ihre Hände in die Luft.

Die Aufmerksamkeit der Beamten ging jedoch schnell von ihnen zu der großen, von Dampfkraft angetriebenen und von Fitzhugh gesteuerten Maschine hinter ihnen.

Fitzhugh warf einen weiteren Felsbrocken auf die Wache zu seiner Linken, die begonnen hatte, auf ihn zu schießen. Er krachte gegen seinen Kopf und zerquetschte den Mann auf der Stelle. Sein Kollege ließ seine Waffe fallen und rannte; die Angst hatte ihn übermannt. Howard stellte Adeline hinter sich. Es gab keine Möglichkeit, irgendetwas zu tun, was eine solche Maschine aufhalten konnte, denn die mächtigen Gewehre der Wache konnten sie nicht einmal eindellen, seine Pistole würde nichts ausrichten können. Er zog dennoch die Waffe heraus und begann auf Fitzhugh zu feuern, wobei er alle sechs Kugeln in der Waffe in Sekundenschnelle verbrauchte.

Fitzhugh nutzte den Schraubstock, um Howard zu packen und hob ihn mühelos vom Boden ab, bevor er ihn mit dem Rücken auf den Boden schlug. Seine Schulterblätter trafen auf den harten Steinboden. Der Schmerz schoss durch alle Rezeptoren seines Körpers und ließ ihn fast ohnmächtig werden. Adeline schrie.

"Du hast alles kaputt gemacht! Du hättest nur zustimmen müssen, reicher zu werden als alle, die du je gekannt hast! Was ist nur los mit dir?"

Er hob Howard wieder vom Boden auf und schleuderte ihn gegen einen Felsen am Rande einer Klippe. Er hörte ein scharfes Knacken, als sein Rücken auf dem Felsen aufprallte. Er fiel auf den Boden, als der Geschmack von Blut seinen Mund zu füllen begann. Er versuchte, sich auf die Knie zu stützen, aber sein Körper knickte unter dem starken Schmerz ein. Fitzhugh stürzte sich auf ihn, hob den Prüfer wieder auf und schlug ihn erneut auf den Boden. Adeline konnte nicht mehr zusehen, also hob sie das Gewehr auf, das die Wache geworfen hatte, und feuerte auf Fitzhugh.

Er drehte sich mit einer Bewegung seines mechanisierten Arms um und stieß Adeline rückwärts gegen den Rand der Klippe. Durch den stechenden Schmerz und die verschwommene Sicht des Beinahe-Sterbens sah Howard zu, wie Adeline von der Klippe taumelte, sich jedoch mit letzter Kraft mit beiden Händen am Rand festhalten konnte. Howard kroch auf dem Bauch zum Rand der Klippe und griff nach ihren Händen. Mit Howards Hilfe schaffte sie es, sich hochzuhangeln und sie blieb bewusstlos neben Howard liegen.

"Das alles ist deine Schuld, Forsyth!" Fitzhugh beugte sich vor und hob Howard erneut auf, diesmal mit dem Ziel, ihn zu erledigen. Der Prüfer wehrte sich nicht, da er körperlich nichts mehr aufzubieten hatte. Er schloss die Augen und wartete auf den letzten tödlichen Schlag. Ein Schuss ertönte in der Dunkelheit und schlug auf Metall auf. Als Howard seine müden Augen öffnete, konnte er über Fitzhughs Schulter auf den Schützen blicken: Archie.

Fitzhugh prallte schnell zurück und ließ Howard fallen, der auf dem Boden aufschlug. Man sollte meinen, die Kugel hätte Fitzhugh tatsächlich getroffen, aber das war nicht der Fall. Archie hatte seinen Schuss perfekt ausgerichtet und ein Geschoss in das Getriebe der Maschine abgefeuert. Das Projektil hatte die Hydraulik der Maschine durchtrennt, die das große Gerät aufrecht hielt. Ohne die Hydraulik, die sie hielt, wäre sie nur noch auf ihren Träger angewiesen. Aber das war physikalisch unmöglich, denn das ganze Ding wog fast eine Tonne. Es gab ein lautes, knackendes Geräusch, als das gesamte Gewicht der Maschine von Fitzhugh abfiel und sein Oberschenkelknochen durch den Druck brach.

Howard beobachtete die Szene, die sich vor ihm abspielte, während Schock und Verwirrung zu Unglauben und Schmerz führten. Er schloss seine Augen und ließ sich von der Dunkelheit verschlingen.

KAPITEL 10: EINE WEITERE RÜCKKEHR

Sie war nur einmal in ihrem Leben schwanger gewesen, vor vierzig Jahren von einem Mann, von dem sie dachte, dass er sie über alle Maßen liebte. Sie waren nicht sehr öffentlich mit ihrer Zuneigung gewesen. Hätte sie aber gedacht, dass die Nachricht, dass sie ein Kind für ihn austrägt, ihn dazu gebracht hätte, sich anders zu entscheiden, hätte sie es ihm vielleicht gesagt, und vielleicht wäre er geblieben. Aber vielleicht hätte sie ihn trotzdem verloren, denn seine Augen hatten plötzlich die Tochter eines Beraters gefunden. Und wenn sie ihr Kind nicht verloren hätte, hätte Saleh vielleicht etwas gehabt, das sie an die schönste Zeit ihres Lebens als junge Frau erinnerte. So hatte sie sie damit verbracht, sich ein Leben mit Nicholas Forsyth vorzustellen.

Aber sie hatte in dem Außenseiter-Mädchen, das fast zwei Jahrzehnte später an ihre Tür klopfte, selbst ein Kind gefunden. In dem Moment, in dem Adeline ihr Haus betreten hatte, hatte die Frau einen neuen Lebenswillen gespürt, wie sie ihn schon lange nicht mehr erlebt hatte. Es war vielleicht krank gewesen, froh zu sein, dass das Kind kein Mündel hatte. Aber sie war froh gewesen, dass das Schicksal ihr jemanden gebracht hatte, der ihr Herz besänftigte, auch wenn sie anfangs nicht offen darüber gesprochen hatte.

Adeline war nur ein junges Mädchen, und doch hatte Saleh ein Feuer in ihren Augen gesehen, wie sie es einst in ihren eigenen gehabt hatte, als sie etwa so alt gewesen war wie das Mädchen. Das Mädchen war schnell auf den Beinen und ließ kaum jemandem Ruhe, der dachte, er könnte sie ausnutzen. Sie verstand die Dinge, die man ihr zeigte, schnell und brauchte nur wenig Hilfe, um auch die größeren Dinge zu tun. Das Kind hätte es selbst mit der Königin und vielleicht mit der ganzen Welt aufnehmen können, wenn man es ihr erlaubt hätte. Adeline war als beladenes, aber zerbrochenes Gefäß zu ihr gekommen.

Der Tag, an dem sie das entdeckte, war die allererste Nacht, die das Mädchen unter ihrem Dach verbrachte. Saleh gewährte ihr ein Bett in dem einzigen Zimmer, das noch nicht besetzt war, von den vieren in ihrem Haus. Sie sollte die Nacht damit verbringen, das Bett mit einem anderen Mädchen zu teilen, das ein wenig älter war als sie und ebenfalls als Hilfe arbeitete. Saleh war mitten in der Nacht in das Zimmer der Mädchen gewandert und hatte Adeline zusammengerollt auf dem nackten Boden gefunden, wo sie im Schlaf stumm vor sich hinmurmelte. Sie hatte ihr dabei fast eine Stunde lang zugesehen, bevor sie das Mädchen schließlich aufweckte und sie dazu brachte, sich wieder auf das Bett zu legen. In der darauffolgenden Nacht hatte Saleh sie auf die gleiche Weise gefunden, und das hatte die Frau beunruhigt. In der dritten Nacht ihres Aufenthalts in ihrem Haus hatte Saleh Adeline bei sich auf dem Bett in ihrem eigenen Zimmer schlafen lassen, und das Mädchen hatte sich an sie gekuschelt und schlief wie ein Baby.

Wenn es nach ihr gegangen wäre, hätte sie Adeline niemals erlaubt, die Hilfe einer anderen Person in Anspruch zu nehmen. Aber Adeline wollte sich nicht mit dem Gerede abspeisen lassen, und sagte, sie wolle für sich selbst sorgen. Und so hatte sie, als Edmund Hall an jenem Tag zu ihr gekommen war und nach einem Mädchen gefragt hatte, das dem Forsyth-Haushalt behilflich sein würde, an alles gedacht, was sie durchgemacht hatte, und gehofft, dass Adeline bei einem Mann, der diesen Namen trug, eine bessere Chance haben würde. Sie mochte sein Kind verloren haben und untröstlich darüber sein, dass sie nicht diejenige war, die er auswählte, aber Nicholas war ein Mann, den sie nie aufgehört hatte zu lieben, und die Dinge, die sie in der Nacht zuvor zu seinem Sohn gesagt hatte, als Howard bei ihr Zuflucht suchte, waren ein Spiel, um ihm die Worte aus dem Mund zu nehmen.

Sie wusste sehr wohl, wer er war. Adeline hatte begonnen, sich zu verändern, keine Monate nachdem sie angefangen hatte, für ihn zu arbeiten, und schon bald hatte das Mädchen ihre Zuneigung zu dem Mann verraten. Saleh hatte zuerst Angst um sie gehabt, denn sie hatte von anderen Mädchen aus dem Süden gehört. Sie wusste, dass sie dasselbe von sich und ihren hochrangigen Herren gedacht hatten, nur um ruiniert oder schlimmer noch gehängt zu werden, wenn sie jemals erwischt wurden. Doch Adeline würde klüger sein als sie, und in ihrer Angst war Saleh froh über das Glück, das das Mädchen gefunden hatte, auch wenn sie es nie teilen konnte.

Sie hatte nichts mehr gehört, seit Adeline am Morgen aus der Tür gegangen war. Saleh hatte sie zwar unterstützt, als sie gestern Abend gesagt hatte, sie würde nach Bryces Mörder suchen, aber sie konnte die Angst nicht loswerden. Sie hatte keine Lust auf das Frühstück gehabt, das Chevonne gemacht hatte. Auch das Mittagessen hatte sie ausgelassen, weil sie sich darauf konzentrierte, dass Adeline wieder durch die Türen ging, vor denen sie saß und starrte.

Jeder Augenblick war vergangen, und es war, als würde ihr Herz immer dunkler werden, sie konnte fast spüren, dass das Mädchen in Schwierigkeiten war, bevor die Nachricht von ihrer Entführung sie erreichte, und dann war Howard ihr nachgegangen, und jetzt war er auch schon fast genauso lange weg.

Chevonne hatte sich nicht die Mühe gemacht, von dem Abendessen zu essen, das sie selbst zubereitet hatte. Sie hatte sich neben der alten Dame niedergelassen, die in den letzten Stunden sehr still geworden war, während sie hoffnungsvoll Wache hielten. Man brauchte ihr nicht zu sagen, was die Frau fühlte, Adeline war zwar nicht ihr leibliches Kind, aber Madam Saleh nahm sie als solches.

Saleh war fast vor Chevonne auf den Beinen, als sie das Geräusch der trabenden Kutsche vor dem Haus hörten, und sie waren beide an der Tür, bevor ein Klopfen zu hören war.

Erleichtert und erschrocken sahen Sie Howard und Adeline aufeinander gestützt hereinkommen. Adeline stützte mehr seinen ramponierten Körper als er ihren.

"Wie ist das passiert?" fragte Saleh.

Während Chevonne beide versorgte und ihre Wunden pflegte, erzählten Sie Saleh die ganze Geschichte. Mit letzter Mühe schleppten sich beide

schliesslich in Betten, die Saleh ihnen hatte bereitmachen lassen.

EPILOG

"Howard?" Die Stimme klang weit entfernt, sein Körper fühlte sich leblos an, seine Augen waren verschwommen. "Howard? Können Sie mich hören?"

Er blinzelte langsam, einen Moment nach dem anderen, bis seine Sicht klar genug war und er das Bild der Person ausmachen konnte, die sprach. Das weiße Haar des Mannes wuchs voll um seinen Bart, und seine Augen lugten durch die Höhlen unter seinen Brauen. Lord Palmerston war schon immer ein schöner Anblick gewesen, auch bevor das Grau sein Gesicht übernommen hatte. Howards Brauen hoben sich und er nickte. Er wollte aufstehen, aber einen Muskel zu bewegen, der nicht in seinem Gesicht war, fühlte sich an wie eine Aufgabe, die ihn umbringen würde.

"Bitte, bleiben Sie in Ihrem Bett. Der Arzt sagt, dass Sie viele Verletzungen erlitten haben, von denen viele erst nach einiger Zeit heilen werden, er sagt, Sie haben wirklich Glück, dass Sie noch am Leben sind. Adeline geht es zum Glück einiges besser, aber auch sie liegt noch im Bett und erholt sich."

Howard versuchte zu sprechen, aber seine Lippen fühlten sich so schwach an.

"Schonen Sie Ihre Kräfte, bitte. Der Arzt hat Ihnen etwas gegen die Schmerzen gegeben, es wird Sie vielleicht für längere Zeit im Bett halten, aber Sie können mich hören. Überlassen Sie mir das Reden.

Es wäre eine Untertreibung zu sagen, dass das, was Sie beide getan haben, eine enorme Menge an Mut erforderte; Sie haben keine Ahnung, wie viele Menschen gegen Fitzhugh antraten und nicht überlebten, um ihre Geschichte zu erzählen. Betrachten Sie das als meine Anerkennung und als Zeichen meines Respekts.

Ich habe schon seit fast drei Jahren einen Verdacht gegen Fitzhugh und die Minen, aber ich war nie in der Lage, einen Weg zu finden, ihn zu beweisen. Ich habe Ihren Brief erhalten. Ich war überrascht, Ihr Einladungsschreiben via Sir Archibald Dayton vorzufinden, aber dann schickte auch Archie eine Nachricht, und ich wusste, dass ich auf jeden Fall hier sein musste."

Howards Augen weiteten sich bei der Erwähnung von Fitzhughs rechter Hand.

"Oh ja, ich sollte mich wohl dafür entschuldigen, dass ich Sie über Archie im Unklaren gelassen habe, er ist seit etwas mehr als einem Jahr meine Augen und Ohren in Bezug auf Fitzhugh, aber es gab ziemlich wenig, was er tun konnte, ohne zu riskieren, dass Fitzhugh es herausfindet. Seine Nachricht über Sie und Fitzhugh kam nur wenige Stunden vor Sir Daytons Brief, und ich traf Vorbereitungen, um sofort hier zu sein."

"Sie sollen wissen, dass das Ausmaß Ihrer Bemühungen sehr anerkannt wird. Ihre Majestät, die Königin selbst, wird Sie beide ehren, sobald Sie wieder zu Kräften gekommen sind. Für Ihre Freundin hat Ihre Majestät gar eine Erhebung auf Ihren Stand vorgesehen. Eine ganz außergewöhnliche Geste."

„Sie sollen außerdem wissen, dass der wahre Mörder von Bryce Allen gestanden hat. Er konnte nicht mehr länger mit der Schuld leben. Er hat Sie beide erwähnt und Ihre und Adelines Worte werden beim Prozess großes Gewicht haben." Lord Palmerston sprach wie ein Mann, der wusste, dass das Königreich den beiden wahrscheinlich seine weitere Existenz zu verdanken hatte.

Lord Palmerston erhob sich von dem Stuhl neben seinem Bett, bereit, sich zu verabschieden: "Ich sollte Sie jetzt mehr ausruhen lassen. Ich werde bald wiederkommen, um nach Ihnen zu sehen. Danke, Howard", sagte der Mann, während er zur Tür ging und den Prüfer allein im Zimmer zurückließ.

"Meine liebe Mutter, möge sie in Frieden ruhen, pflegte zu sagen, dass das Böse, zu dem das Herz eines Menschen fähig ist, unendlich ist, genau wie das Gute. Fitzhugh White war ein Mann, den ich wegen seines Bösen kannte; Archie Gilbert lernte ich als das Gute kennen, das er wirklich war. Und wie es scheint, hat mich mein engster Verbündeter verraten."

"Ich wusste, dass Edmund Hall ein Herumtreiber war, vom ersten Tag an, als ich ihn traf, doch ich vertraute darauf, dass aus ihm mehr werden würde. Es scheint, ich lag falsch, ich irrte mich sehr. Ich habe mir nicht die Mühe gemacht, Archie zu fragen, was mit ihm geschehen ist. Ich kann es nicht über mich bringen, daran zu denken, sein Gesicht jemals wieder zu sehen, denn ich könnte ja doch des Mordes fähig werden."

"Adeline und ich können nun heiraten. Mit ihrer außerordentlichen Erhebung in meinen Stand durch die Königin steht unserem persönlichen Glück nichts mehr im Weg. Ihre Majestät hat erfahren, dass ein Mädchen aus dem Süden, die sie so sehr verabscheut, ihre Mine gerettet und dafür gesorgt hat, dass ihre Feinde nicht mehr bewaffnet werden können. Sehr lange haben wir besprochen, ob wir eine solche Erhebung akzeptieren können, während sich in der Gesellschaft nichts ändert. Um unserer Liebe willen haben wir schließlich zugesagt und weil wir glauben, nur so weiterhin etwas bewegen zu

können. *Wir träumen davon, die Ordnung der Dinge so zu verändern, dass die Klasse nicht bestimmt, wie die Menschen leben und wen sie lieben. Wir werden uns zusammen weiter für diese Gerechtigkeit einsetzen."*

ÜBER DEN AUTOR

Markus Pfeiler, geboren 1973, liebt es zu backen, zu kochen und zu schreiben. Er mag das Reisen und besucht insbesondere gerne Städte und die Karibik.

Er ist diplomierter Wirtschaftsprüfer und lebt in mit seiner Familie in der Schweiz.

Das vorliegende Buch ist sein Debütroman, weil er sich darüber geärgert hat, dass er noch fast nie ein Buch angetroffen hat, in dem Wirtschaftsprüferinnen oder Wirtschaftsprüfer die Helden sind.

EINE BITTE DES AUTORS

Ich freue mich, wenn Ihnen DER PRÜFER IH-
RER MAJESTÄT genauso viel Spaß gemacht hat,
wie mir beim Schreiben!

Wenn Ihnen dieses Buch gefallen hat, sagen Sie
es doch bitte weiter und schreiben Sie eine Rezen-
sion auf der Website Ihrer Buchhandlung oder Ihrer
bevorzugten Literaturwebsite.

Ganz herzlichen Dank!

FSC
www.fsc.org
MIX
Papier | Fördert
gute Waldnutzung
FSC® C083411

Zeitfracht Medien GmbH
Ferdinand-Jühlke-Straße 7
99095 Erfurt, Deutschland
produktsicherheit@kolibri360.de